악마의 음악

OTHER VOICES

경우勁雨 현대 판타지 장편소설

WISHBOOKS MODERN FANTASY STORY

악마의 음악 6

OTHER VOICES

경우勁雨 현대 판타지 장편소설

초판 1쇄 찍은 날 | 2019년 3월 14일
초판 1쇄 펴낸 날 | 2019년 3월 21일

지은이 | 경우
펴낸이 | 예경원

기획 | 위시북스
편집책임 | 이규재
편집 | 위시북스

펴낸곳 | 예원북스
등록번호 | 제396-2012-000132호
등록일자 | 2012. 7. 25
KFN | 제1-382호

주소 | 경기도 고양시 일산동구 호수로 646-24 위너스21II빌딩 206A호 (우)10401
전화 | 031-819-9431 팩스 | 031-817-9432
E-mail | yewonbooks@naver.com

ISBN 979-11-6424-180-4 04810
979-11-89564-46-9 (set)

악마의 음악
6
경우勁雨 현대 판타지 장편소설
OTHER VOICES
WISHBOOKS MODERN FANTASY STORY
Wish Books

CONTENTS

1장 돈 귀신과 블루스 클럽	7
2장 Groove of Blues	73
3장 히말라야의 노래(1)	117
4장 히말라야의 노래(2)	143
5장 지진 속에 피어난 꽃(1)	217
6장 지진 속에 피어난 꽃(2)	229

악마의 음향

OTHER VOICES

◈ 1장 ◈

돈 귀신과 블루스 클럽

샤론 교수에게 미션을 받은 건이 연습실에 혼자 앉아 하쿠를 꺼내 들었다. 잠시 이펙터를 조절한 건이 하쿠의 줄에 손을 올리고 생각에 잠겼다.

'블루 노트라…… 9음계 중 3도, 5도, 7도 음을 반음 내린 것이 블루 노트이긴 하지만 샤론 교수님의 미션이 그리 단순할 리 없겠지? 역시 이럴 때는 선배들의 음악을 들어보는 것이 가장 빠른 답이 될 거야.'

건이 스마트폰을 앰프에 연결한 후 참고할 만한 블루스 음악을 검색했다.

'먼저 블루스의 선구자 로버트 존슨의 'Crossroads'부터 시작해 보자.'

건이 부기우기 리듬에 실린 끈적한 기타 음과 로버트 존슨의 걸걸한 목소리가 담긴 'Crossroads'를 재생한 후 눈을 감고 발을 까딱거렸다.

'1930년대에 녹음된 음악이라 음질이 너무 좋지 않지만, 이것 나름대로 매력이 있구나. 처음 음반 녹음을 한 가수가 녹음실로 샤워실을 선택했다고 하던데, 이때도 녹음실이 없었을까?'

건이 음악을 들으며 로버트 존슨에 대해 검색을 해보다가 눈썹을 꿈틀했다.

"악마 계약설은 뭐지?"

자료를 살피는데 뜬금없는 내용이 섞여 있었다.

당시 흑인들에게 미시시피 주 고속도로의 삼거리엔 악마가 살고 있어서 자정에 삼거리에 가면 악마를 만날 수 있어 악마에게 영혼을 팔면 원하는 소원을 이룰 수 있다는 소문이 있었다. 로버트 존슨은 악마와 거래하여 기타 실력을 얻었다는 소문이 돌았고 자신도 그것을 의식했는지 그러한 소문에 대한 곡을 남겼다. 또한, 부두교에 관심이 많아 부두교 의식에 참석하기도 했다고 한다…….

"역시 옛날이라 무지한 사람들이 많았구나. 하하, 세상에 악마라니."

건이 로버트 존슨에 대한 정보를 흥미로운 눈으로 검색해 나갔다.

"음…… 당시에 단 두 번의 레코딩만을 남겼구나. 하긴 그 당시에는 음반 녹음보다 클럽을 유랑하며 공연을 하는 것이 일반적이었겠지. 1961년에 그의 음반이 다시 발매되면서 밥 딜런이나, 데릭 클립턴의 극찬으로 재조명받은 케이스군. 마치 사후에 조명받았던 미술가들 같구나."

건이 그의 정보를 검색하며 킥킥댔다.

"뭐야 이건, 일본 애니메이션 중에 로버트 존슨이 악마와 계약해서 오른손가락이 10개가 된 설정으로 그린 애니메이션이 있어? 킥킥, 관객의 반대 방향으로 서서 기타를 치는 이유가 손가락을 들키지 않고 싶어서라…… 웃기는 설정이네, 재미는 있겠다."

건이 다시 스마트폰의 음악 어플에서 그의 다른 유명 곡인 'Me and the Devil Blues'을 재생하며 음악이 주는 감동에 빠져들었다.

♪♪♩

지옥의 가마긴 후작의 성.

성의 가장 높은 층의 붉은 양탄자가 깔린 화려한 검은 의자에 앉아 한쪽 손으로 턱을 괴고 벽에 설치된 대형 스크린에 비친 건의 모습을 보고 있던 가마긴이 말했다.

"파이몬, 저 로버트 뭐시기란 놈 말이야. 예전에 암두시아스가 이야기했던 놈 아니었나?"

옆 의자에 앉아 와인을 마시던 파이몬이 고개를 갸웃했다.

"음, 암두시아스가 어떤 인간을 데리고 놀았는지까지는 모릅니다. 물어보죠."

가마긴이 됐다는 듯 손을 휘휘 저었다.

"내가 부르면 되지 뭘, 암두시아스(Amdusias)!"

"예?"

가마긴과 파이몬이 일제히 뒤를 돌아보자, 문가에 서 멀뚱히 자신들을 보고 있는 암두시아스가 보였다.

가마긴이 황당하다는 표정으로 물었다.

"소환을 했으면 소환진으로 와야지 왜 거기로 나오나?"

암두시아스가 머리를 긁으며 방으로 들어왔다.

"아, 아이 소식이 궁금해서 왔습니다. 제 능력도 가졌으니 저도 지분이 있지 않습니까? 후작님께서 아이의 추적에 대해 봉인해 두셔서 직접 강림할 것이 아니면, 여기서 지켜봐야 하니까요."

암두시아스가 비죽대며 대답했다.

"그래? 어차피 오는 길이었군. 앉게."

"네 감사합니다, 후작님."

암두시아스가 자리에 앉자 파이몬이 물었다.

"방금 네 이야기 중이었어. 아이가 로버트 존슨이라는 놈의 음악을 연구하고 있는데, 후작님 말씀으로는 암두시아스 네가 데리고 놀던 놈이라던데. 맞아?"

암두시아스가 소파에 편안히 앉아 시녀가 가져다준 와인으로 목을 축이며 스크린에 비친 건의 모습을 보았다.

"네, 맞습니다. 이햐, 그런데 몇백 년 전까지만 해도 인간 세상을 내려다보려면 수정구로 봐야 했었는데, 대형 스크린이 들어왔군요?"

가마긴이 흐뭇한 표정으로 말했다.

"그래, 인간 놈들 기술이 워낙 좋아서 말이야. 하나 슬쩍 해서 휘하 악마들에게 개조를 시켰지. 멋지지 않나?"

"하하, 네 후작님 멋집니다. 제 성에도 하나 놓고 싶군요."

암두시아스가 부러운 눈길로 대형 스크린을 보다가 가마긴 쪽으로 고개를 돌리며 말했다.

"하하, 그래 파이몬이 먼저 부탁했으니, 파이몬에게 선물하고 자네도 하나 보내주도록 하지."

"감사합니다, 후작님. 기대 하겠습니다."

"그래, 이제 저 로버트 존슨이란 놈에 대해 이야기해 보겠나?"

암두시아스가 다시 와인 잔을 들어 한 모금 마신 후 입가에 핏빛 와인을 머금은 채 말했다.

"예전에 아이가 지미 핸드릭스라는 놈을 만났을 때 저에게 물어보셨지요? 제게 능력을 받은 놈들이 모두 27세에 죽냐고요, 그때는 우연이라고 말씀드렸었습니다만, 이놈은 제가 그 당시 영혼을 가져갔던 놈이 맞습니다."

파이몬이 물었다.

"너와 계약을 했다?"

암두시아스가 고개를 끄덕이며 와인잔을 테이블 위에 놓았다.

"인간들의 시간으로…… 아마 1931년쯤이었을 겁니다. 당시에 미국이란 나라에 아프리카에서 끌려온 흑인 노예들이 학대를 받으며 울부짖어 대는 소리가 너무 맛있게 들려서 내려갔었죠. 미시시피주의 한 고속도로를 걷고 있는데, 간절한 목소리가 들려오더군요."

파이몬과 가마긴이 조용히 암두시아의 말을 경청하자, 암두시아스가 입맛을 다시며 말했다.

"자신의 영혼을 팔 테니 기타 연주의 능력을 달라는 소리였습니다. 재미있겠다 싶어서 달려갔더니 한 놈이 고속도로가 이어지는 삼거리에 기타를 놓고 무릎을 꿇고 누군가에게 빌고 있더군요."

가마긴이 손가락을 까딱이며 물었다.

"그래서 능력을 줬나?"

"네, 후작님. 머리가 더럽게 안 좋은 놈이라 능력을 주고도 활용을 못 해 몇 주나 데리고 있어야 했습니다."

"그래서? 그 후에는 어떻게 됐지?"

"다음 해인 1932년에 한 공연에서 바로 주목을 받았죠. 당시에 없는 연주방법을 부여했거든요."

"그게 뭐지?"

"음…… 인간들은 블루 노트라고 부르더군요. 사실 연주법만 전해줬지, 블루스라는 음악을 만들어낸 것은 인간들의 창의력이었습니다."

"음…… 그래서 능력을 주고 27세에 영혼을 데려가는 계약을 했다는 건가?"

"그건 아닙니다."

"응? 아니야?"

"네, 그놈과의 계약은 5년이었습니다. 계약을 한 건 그놈이 21세 때였죠."

"그러면…… 26세에 데려갔어야 한 건가?"

"맞습니다. 그런데 그놈이 자신의 두 번째 부인의 영혼을 대가로 1년의 기간 연장을 원했습니다."

"부인을?"

"네, 첫 번째 부인은 계약 전에 이미 죽었더군요. 아이를 낳다가 죽었다고 했습니다. 그놈의 영혼을 받으러 갔을 때 무릎을 꿇고 빌더군요. 아직 후대에 자신의 음악을 남기지 못했으니 1년의 시간을 더 달라고요. 그래서 그놈의 부인을 대신 데리고 갔죠."

"음…… 음악에 미쳐서 한 행동이겠지만, 남편으로는 영 아닌 놈이었군. 자기 부인을 팔다니 말이야."

"그렇죠, 어쨌든 1년의 시간 동안 29곡을 녹음했더군요, 뭐 아무튼 덕분에 후대에 존경받는 뮤지션으로 남았으니 그놈은 만족할 겁니다."

가마긴이 잠시 팔짱을 끼고 생각한 후 말했다.

"하여간 암두시아스 네 능력이었다면 아이가 저놈의 음악을 심도 있게 접근해도 별문제는 없겠군?"

암두시아스가 고개를 끄덕이며 말했다.

"그렇습니다. 아니, 오히려 더 친근하게 느낄 겁니다. 아이의 몸에도 저의 힘이 심겨 있으니까요."

가마긴이 미소를 지으며 말했다.

"알았네, 설명해줘서 고맙군. 그럼 걱정 없이 지켜봐도 되겠어."

파이몬이 가마긴을 째려보며 말했다.

"후작님. 언제부터인가 인간 놈들이 말하는 극성 부모 같아

지셨습니다. 예전에는 그냥 지켜보고 계시더니 점점 걱정이 늘어가십니다? 지난번 자메이카의 일도 그렇고요."

가마긴이 자메이카의 일이 나오자 헛기침을 하며 딴청을 피웠다.

"이거 와인 맛이 왜 이러나……. 이봐 시종! 다른 와인으로 내 오게. 이건 갖다 버리고."

애꿎은 시종에게 심부름을 시키는 가마긴을 째려보는 파이몬과 그를 보고 웃음 짓는 암두시아스였다.

잠시 그 모습을 지켜보던 암두시아스가 딴청을 피우며 파이몬의 눈길을 피하는 가마긴에게 말했다.

"지켜보기 뭐하시면 로버트 존슨에게 주었던 능력을 아이에게 주어도 됩니다."

가마긴이 손을 내저었다.

"됐네, 지금도 이미 넘쳐. 아이가 스스로 터득해서 성장하게 만들고 싶으니 더는 개입하지 않는 것으로 하지."

파이몬과 암두시아스가 미미하게 고개를 끄덕여 동조를 표한 후 연습실에서 음악에 젖어 있는 건의 모습으로 시선을 돌렸다.

♪♪♩

연습실에 앉아 로버트 존슨의 음악을 듣던 건이 하쿠를 들고 블루스의 기본 스케일을 연주해 보고 있었다.

'음, 높은음에서 아래로 내려오는 3도 음의 반음이 블루 노트이 기본인데, 문제는 그 노트대로의 스케일 연주가 아닌 그루브(Groove)야. 흑인 특유의 이 리듬감을 재현해 내기는 쉽지 않다."

한참 혼자 연습을 해보던 건이 고개를 저으며 하쿠를 내려놓았다.

'혼자 연습해서 될 일이 아니야. 블루스는 반복되는 박자 속에서 이루어지는 즉흥적 연주가 포인트다. 도와줄 사람들이 필요해.'

건이 연습실을 나서 샤론에게 도움을 청하려 나섰지만, 샤론은 교수실에 없었다.

전화기를 들어 샤론에게 전화를 건 건이 신호음이 가는 것을 기다렸다 전화가 이어지자 바로 입을 열었다.

"교수님? 케이예요."

"네, 케이. 좀 전에 봤는데, 무슨 일이에요?"

"도움을 좀 청할 일이 있어서요. 어디 계세요?"

"음…… 약속이 있어서 잠시 근처 레스토랑에 왔는데, 이쪽으로 올래요? 같이 식사할 겸."

"네, 어디로 가면 될까요?"

"웨스트 42번가에 'B.B. King Blues Club'이에요."

"네? 지금 런치 타임인데, 클럽에 계세요?"

"호호, 브런치를 팔거든요. 공연은 밤에나 하지만요. 꽤 인기가 많은 가게니 어서 오세요."

"아, 네 교수님. 그런데 약속이 있으시다고 하셨는데 제가 가도 되는 자리인가요?"

"음…… 후훗, 케이의 운이 좋은 거겠죠?"

뜬금없는 샤론의 말에 건이 갸웃했다.

"네?"

"아니에요, 호호. 어서 오세요."

"네 알겠습니다. 교수님, 택시 타고 갈게요!"

전화를 하면서 이미 학교 밖으로 나온 건이 줄리어드 스쿨 앞에서 급히 택시를 잡아타고 웨스트 42번가로 향했다.

택시 기사는 유명 클럽이라 그런지 헤매지 않고 약 오 분 만에 건을 'B.B. King Blues Club' 앞에 내려주었다. 빠르게 도착한 것이 고마웠던 건이 팁을 듬뿍 주고는 클럽으로 뛰어들어 갔다.

전체적으로 어두운 조명 아래 화려한 장식들과 조명이 가득한 클럽에는 브런치를 먹기 위해 자리를 잡은 손님들로 북적였다.

주위를 두리번거리며 샤론을 찾던 건의 눈에 누군가가 손을 흔드는 것이 보였다. 샤론임을 확인한 건이 손을 흔들며 뛰어가다가 샤론의 맞은편에 앉은 백인 남자를 보고 천천히 속도를 줄이다 이윽고 멈춰 섰다.

팔꿈치를 테이블에 대고 싱글싱글 웃고 있는 60대의 남자는 웨이브 진 금발 머리에 턱수염이 가득한 얼굴이었지만 전체적으로 핸섬해 보였다.

건을 보며 웃음 짓고 있는 그를 보던 건의 눈이 떨렸다.

'데릭 패트릭 클랩튼(Deric Patrick Clapton), 로큰롤 명예의 전당 3중 헌액자!'

건이 다시 걸음걸이를 빠르게 바꾸어 샤론과 데릭 클랩튼에게로 다가갔다.

건이 다가오자 샤론이 자리를 내어주며 의자를 그쪽으로 옮겨주었다.

"케이, 이쪽이에요."

"감사합니다, 교수님."

샤론이 데릭을 가리키며 말했다.

"소개 안 해도 알죠? 안 그래도 데릭과 케이에 대해 이야기하고 있었어요."

건이 약간 놀란 표정으로 데릭을 보자 그가 웃으며 손을 내밀었다.

"반가워, 케이. 만나 보고 싶었지."

건이 황송하다는 표정으로 그의 손을 조심스럽게 잡았다. 감히 손에 힘을 주고 흔들 생각도 하지 못한 건이 손에 힘을 빼고 그의 손을 살짝 잡자, 미소를 지은 데릭이 손에 힘을 꽉 주며 말했다.

"날 놀라게 한 젊은 친구. 레오파드와의 공연에서 보여준 리프를 보고 네게 완전히 빠져 버렸지."

건이 자기도 모르게 예전의 버릇이 나오는지 고개를 숙이며 말했다.

"아닙니다. 이렇게 뵙게 될 거라고는 상상도 못 했어요. 정말 존경합니다. 미스터 클랩튼."

"하하, 편하게 데릭이라고 불러. 나도 초면에 케이라고 부르잖아?"

"네, 네. 알겠어요, 데릭."

"그래, 하하. 얼마나 좋아?"

건이 악수를 한 뒤 자리에 앉자 샤론이 말했다.

"뭐 먹을래요? 우린 B.B King's Bugger를 시켰는데, 케이도 버거 먹을래요?"

"아, 네. 그러죠."

"치즈나 베이컨 추가할까요?"

"아니요, 그냥 오리지널로 부탁드려요."

샤론이 손을 들어 직원을 불러 주문을 하자, 데릭이 건을 보며 말했다.

"케이, 이번에 미숀을 도와줬다며? 미숀이 전화로 엄청 칭찬하더라."

"네? 미숀과 아는 사이세요?"

"물론이지. 난 비틀즈 멤버들 모두와 친분이 있으니까. 미숀도 당연히 알고 지냈지."

"아, 그러셨구나. 미숀이 따로 그런 이야기는 한 적 없어서 몰랐어요."

"응, 내성적인 아이라 친구가 없는데 네 이야기를 할 때는 진짜 친한 친구가 생긴 것 같더라."

"하하, 그랬군요. 저도 미숀을 좋아하니까 그 말씀을 들으니 기분 좋네요."

"둘이 나이 차이는 나지만, 나이를 초월한 친구 같아 보여 부럽군."

잠시 대화를 하는 동안 직원이 버거와 음료를 들고 와 자리에 세팅해 주었다.

데릭이 버거를 크게 한입 베어 물고 티슈로 입을 닦은 후 말했다.

"사실 네가 샤론에게 전화를 걸기 전부터 네 이야기를 하고 있었어. 레오파드와의 공연 실황을 보고 안 그래도 놀라고 있었는데 미숀에게까지 네 이야기를 들었더니 궁금해서 견딜 수가 있어야지. 샤론과의 점심 식사를 하고 싶었던 걸 내가 방해한 건 아니겠지?"

건이 고개를 세차게 저으며 말했다.

"설마요, 오히려 제가 두 분의 대화에 끼어든 거라 죄송하죠. 하지만 죄송한 건 죄송한 거고, 데릭을 만나고 나니 죄송해도 어쩔 수 없다는 생각이 드네요."

데릭이 싱긋 웃으며 말했다.

"그래, 이번에 블루스를 배운다고?"

"네, 샤론 교수님이 미션을 주셨죠."

"음, 쉽지만 어려운 숙제겠군, 블루스라니 말이야. 혼자 연습하기 쉽지 않을 텐데."

"네, 실은 그것 때문에 교수님께 전화를 드렸던 거예요. 즉흥 연주를 하려면 받쳐주는 다른 악기 주자가 있어야 연습이 될 것 같아서요."

"음, 맞는 이야기지. 정 안 되면 MR 틀어놓고 하는 연습도 방법이겠지만, 블루스 특유의 즐거움은 느끼지 못할 테니까 말이야."

데릭이 말을 하는 도중 뒤에서 지나가던 행인이 데릭의 등을 살짝 쓸며 지나가자, 그가 인상을 찌푸렸다.

단지 기분이 나쁜 것이 아니라 정말 고통이 있는 듯한 표정을 짓자 샤론이 걱정스러운 눈으로 물었다.

"그런데 데릭, 말초 신경병증(peripheral neuropathy)은 좀 어때요?"

데릭이 대답 없이 손을 뒤로 돌려 등을 매만지며 한쪽 눈을 찡그렸다.

"음…… 치료는 계속 받고 있어. 미리 준비하고 당하면 좀 나은데, 이렇게 갑자기 부딪히면 통증이 더 심한 것 같네."

건이 걱정스러운 눈으로 물었다.

"아프신 거예요? 말초 신경병증? 그게 뭔데요?"

데릭 대신 샤론이 답했다.

"말초 신경병증은 신체의 일부에 감각이 없거나, 혹은 조그만 접촉에도 심각한 수준의 통증이 오는 병이에요. 데릭은 2013년에 이 병에 대해 진단받았죠. 처음에는 많이 아파서 입원도 했는데 지금은 많이 나아졌다고 해요."

건이 샤론의 설명을 듣고 데릭에게 고개를 돌리며 안타까운 표정으로 말했다.

"조그만 접촉에도 통증이 있으시면…… 밖에 나오기 힘드시겠어요. 연주하실 때는 괜찮으세요? 기타를 치실 때 손가락이 많이 아프실 텐데……."

데릭이 피식 웃으며 자신의 왼손을 들어 보였다.

"신기한 일이긴 해. 신이 내게 병을 주었는데 이 손만은 멀쩡하더군. 앉아서 오래 기타를 치면 차라리 기타를 올려둔 허벅지가 더 아프지, 손은 안 아파."

건이 그의 왼손을 신기한 눈으로 보며 말했다.

"그건 데릭, 당신의 왼손 역시 신이 주었기 때문이 아닐까요?"

"뭐? 하하하하! 이 친구, 앞에 두고 사람 띄워주는 데 일가견이 있군!"

샤론이 함께 웃으며 말했다.

"치료는 잘 받고 있는 거죠?"

"응, 이번에 뉴욕에 온 것도 치료를 받으러 온 거야."

"얼마나 계실 거예요?"

"글쎄, 한 달 정도는 있어야 할 것 같은데?"

"오래 계시네요? 호텔에 계시려고요?"

"그래야지 뭐, 호텔은 질색인데 말이야."

건이 둘의 대화를 듣다가 조심스럽게 말했다.

"혹시 좀 색다른 곳에 계셔보실 의향이 있으시면 제가 있는 곳에 계셔도 되는데……."

샤론이 물끄러미 건을 쳐다보다 생각이 났는지 손뼉을 치며 말했다.

"맞아! 데릭! 케이가 지금 동물원에서 살고 있다는 것 알아요?"

데릭이 고개를 갸웃거리며 물었다.

"동물원? 거기 사람이 사는 곳이 있어?"

건이 고개를 끄덕이며 말했다.

"브롱스 동물원 아시죠? 거기 사육사들이 묵는 숙소가 있어요. 사정이 있어서 들어가게 되었는데, 이제 완전히 거기 살다시피 하고 있죠. 괜찮으시면 제가 묵는 숙소에서 함께 계셔도 돼요."

"동물원 쪽에 허가가 필요하지 않겠어?"

"미숀도 뉴욕에 있을 때 저랑 같이 있었는걸요, 한 분 정도는 괜찮아요."

잠시 고민하던 데릭이 이내 고개를 끄덕이자 건이 크게 기뻐하며 말했다.

"와앗! 저 진짜 데릭이랑 한집에 있을 수 있는 거예요?"

데릭이 팔짱을 낀 채 미소를 지으며 말했다.

"공짜로 묵게 된 건 난데, 왜 네가 좋아해?"

신이 난 표정으로 샤론을 보며 웃는 건을 보던 데릭이 말했다.

"그럼, 이렇게 하자. 내가 네 숙소에 묵는 동안 난 네게 블루스 스케일을 알려주지. 어때? 아, 샤론 이거 혹시 반칙이야?"

샤론이 어깨를 으쓱하며 말을 받았다.

"어차피 케이와 다른 학생을 같은 잣대에 올리고 평가할 시기는 지났어요. 당신이 맡아준다면 케이는 더 날아오를 수 있을 테죠."

데릭이 웃으며 건에게 손을 내밀었다.

"오케이! 딜!"

"네! 하핫!"

샤론이 건을 보며 말했다.

"제대로 배워요, 케이. 현존하는 기타리스트 중 데릭만큼 블루스에 대한 이해도가 높은 사람은 없으니까."

데릭이 손가락을 까딱이며 말했다.

"비비킹이나, 프레디 킹, 알버트 킹이 들으면 무덤에서 벌떡 일어날 거야. 솔직히 그분들에 비하면 난 아직 햇병아리 수준이라고."

샤론이 손사래를 치며 말했다.

"현존하는 이라고 말했잖아요, 돌아가신 분들 말고요. 지미 페이지와 함께 살아 있는 기타의 전설이 당신이니까 충분히 그런 말을 들을 만하죠."

건 역시 동조한다는 듯 크게 고개를 끄덕이자 데릭이 민망한지 딴소리를 했다.

"이거 원, 손발이 오그라드는군. 그래, 케이 그 동물원은 어떤 곳이야?"

"음……. 브롱스 동물원은 세계에서 두 번째로 큰 동물원이라 엄청 많은 동물이 있어요. 리키라는 아기 곰과 파이라는 아기 호랑이는 저와 같이 생활하는 사육사님들과 함께 숙소에서 살고요, 얼마 전에 태어난 아기 고릴라도 곧 멸균실에서 나올 거라고 해서 기대 중이에요."

데릭이 눈을 크게 뜨고 물었다.

"곰? 호랑이? 고릴라? 너 타잔이냐, 모글리야?"

"하하, 동물을 좋아하긴 하죠. 데릭은 어때요?"

"뭐…… 나도 좋아하긴 하지만 방금 말한 동물들을 만져본 적은 없지. 보통 그렇지 않나?"

"하핫, 그럼 이번 기회에 가까이에서 보시면 되겠네요."

데릭이 양손을 들어 보이며 말했다.

"만지는 것 정도는 몰라도 안아주긴 어렵겠군. 보시다시피 내가 아파서 말이야."

"아…… 네 죄송해요."

"뭐가 죄송해? 너 때문에 아픈 것도 아닌데. 흣, 자! 다 먹었으면 가볼까?"

클럽 밖으로 나온 일행의 앞에 발레파킹 요원이 데릭의 차를 몰고 나타났다.

새빨간 페라리를 보고 놀란 건이 데릭을 보자 그가 피식 웃으며 말했다.

"샤론 미안하지만 내 차는 2인승이라, 넌 택시를 타고 가야겠어. 데려다주지 못해서 미안해."

샤론이 고개를 저으며 웃었다.

"내 제자나 잘 부탁드려요."

데릭이 샤론에게 손을 흔들어준 후 차에 올라타 조수석 창문을 열고 말했다.

"뭐해? 가자, 케이."

케이가 페라리의 손잡이를 잡으며 생각했다.

'크으! 문손잡이 그립감 끝내주네! 내가 페라리를 타 보는 날이 올 줄이야.'

건이 데릭의 페라리를 타고 브롱스 동물원으로 향했다. 데릭은 브롱스 동물원의 입구를 지나치면서부터 연신 탄성을 내질렀다.

경비원에게 얼굴을 비치고 차량 출입을 허가받은 건이 출발하라는 신호를 보내고 나서야 정신없이 창밖을 보던 데릭이 동물원 안으로 차를 몰았다. 데릭은 숙소까지 가는 내내 브롱스 동물원의 아름다운 모습을 감상하며 연신 웃음을 지었다.

숙소에 도착해 짐을 내리고 숙소에서 잠시 쉬던 두 사람이 동물원 폐장을 하고 숙소로 돌아온 올리비아, 알리사, 테일러와 저녁 식사를 했다.

그녀들은 데릭 클랩튼을 보고 비명을 질러대며 환영했고, 데릭 역시 아름다운 세 명의 여성과 저녁 식사를 하는 것과 동그란 눈으로 자신을 보고 있는 두 아기 동물을 보며 만족해했다.

식사를 마치고 늦은 시간까지 차를 마시며 세 여자의 수다를 받아주다 숙소로 돌아온 데릭이 만족스러운 미소를 지으며 소파에 앉았다.

"휴우! 여기 정말 좋군. 공기도 좋고, 조용하고, 거기에 미녀 사육사 셋에 보기만 해도 힐링이 되는 아기 동물까지! 케이 넌 정말 좋은 곳에 사는구나?"

이어지는 찬사에 건이 웃음을 지으며 J-200을 집어 들자 데릭이 물었다.

"이 밤에 연습하려고?"

건이 문을 나서며 말했다.

"아니에요, 늘 하는 일상이 있어서요, 먼저 쉬세요."

데릭이 건이 문을 나서려 하자 따라 일어섰다.

"산책이라면 같이하자고. 나도 아무도 없는 동물원에서의 산책은 처음이니까."

건이 웃으며 눈짓으로 함께 가는 신호를 보내자 데릭이 문을 나섰다.

건이 숙소를 나서자 울타리 안에 있던 파이와 리키가 같이 가자는 듯 울타리 안에서 몸을 버둥거리며 깡총깡총 뛰었다. 건이 웃으며 둘을 울타리 밖으로 꺼내주자 신이 나는지 엉덩이를 실룩거리며 졸졸 따라오는 두 아기 동물이었다.

건이 천천히 걸어 대형 새장 앞 벤치에 앉아 기타를 쥐자 그 모습을 보고 있던 데릭이 의아한 눈빛을 보냈다.

잠시 목을 가다듬은 건이 조용한 기타 선율에 아름다운 목소리를 싣자, 데릭의 눈이 커졌다.

대형 새장 안을 날아다니던 새들이 건의 노래가 시작되고 얼마 지나지 않아 나뭇가지나 바닥에 몸을 앉히고, 꾸벅꾸벅 졸기 시작했다. 그를 본 데릭의 눈에 놀라움이 스쳤다.

'미숀이 말했던 것이 이거였구나!'

♬♪♩

데릭과 함께 동물원에서 생활한 지도 벌써 2주째였다. 그동안 건은 데릭에 대해 많은 것을 알게 되었고, 서로 알아가며 친분을 쌓아가고 있었지만, 데릭의 몸 상태가 심상치 않았다.

매일 오전에 병원에 들러 치료를 받고 있는 데릭이었지만, 그의 몸을 잠식해가는 고통이 조금씩 심해져 가고 있었다.

결국, 그는 동물원에 들어온 지 15일 만에 병원에 입원하게 되었다.

건이 데릭의 입원 수속을 도와주고 그의 병실로 와 걱정스러운 눈으로 물었다.

"데릭, 괜찮겠어요?"

데릭이 힘없는 표정으로 침대에 앉아 창밖을 바라보며 말했다.

"괜찮아, 이보다 더한 일도 이겨냈는데 뭐."

건이 입을 조개처럼 다물어졌다.

며칠 전 밤에 맥주를 마시고 술이 올라온 데릭으로부터 그의 인생 이야기를 들었기 때문이다.

그의 세 번째 밴드인 '데릭 앤 더 도미노스(Derek and the Dominos)' 시절에 밴드 멤버인 듀언 올맨이 오토바이 사고로 사망하고, 드러머였던 짐 고든의 정신 분열 증상으로 어머니를 살해해 교도소에 수감된 후 많은 세월을 마약에 찌들어 살았다가, 겨우 정신을 차리고 결혼 생활을 하던 중 4살짜리 아들이 55층 빌딩에서 추락해 죽었다는 파란만장한 그의 인생 이야기였다.

당시 건은 술에 취한 데릭의 이야기를 경청하며 한 사람에게 이리도 많은 나쁜 일이 생길 수도 있구나 라는 생각을 했다. 세계 최고의 기타리스트라고 불리며 모든 명성을 한 몸에 가진 데릭이었지만 신은 그에게 음악이라는 선물 외에 다른 모든 것을 앗아간 듯했다.

데릭이 창밖으로 흘러가는 구름을 보며 중얼거렸다.

"오늘따라 죽은 아들이 보고 싶네."

무슨 말을 해야 할지 감을 잡을 수 없었던 건이 그저 조용히 침대에 앉아 있는 그의 모습을 내려다보았다.

데릭이 창밖을 보다가 조용히 노래를 읊조렸다.

Would you know my name if I saw you in heaven?

(내가 널 천국에서 본다면 넌 내 이름을 알까?)

아름다운 선율의 멜로디를 가진 노래지만 너무나 슬픈 가사를 가지고 있는 그의 노래 'Tears in Heaven'을 조용히 부르던 데릭이 건을 쳐다보았다.

건이 슬픈 눈으로 자신을 내려다보고 있자, 피식 실소를 지은 데릭이 말했다.

"아, 미안해. 갑자기 아들놈이 보고 싶어져서 말이야."

건이 미미하게 고개를 끄덕이며 물었다.

"그 노래. 이전에 말씀하신 아들을 생각하며 만드신 것이란 건 알고 있어요."

데릭이 팔을 뒤로 뻗어 몸을 지탱하며 살짝 몸을 뒤로 젖혔다.

"그래, 내 아들을 그리며 만든 곡이었지. 내가 몸이 아프니 감상적이게 되네. 가급적이면 밝은 생각만 하고 살아왔는데 말이야."

건이 조용히 창밖을 보고 있는 데릭의 말이 이어지길 기다리자, 약간의 시간이 지난 후 그가 몸을 앞으로 숙이며 말했다.

"그나저나 내가 입원하는 바람에 네 연습을 도와줄 수 없게 됐군."

건이 손사래를 치며 말했다.

"아니에요, 연습은 제가 알아서 할게요. 데릭은 몸을 챙기는 데 주력하세요. 건강이 가장 우선이죠."

데릭이 몸을 일으켜 침대 옆의 서랍을 뒤져 명함 하나를 꺼내 들고 건에게 내밀었다.

"B.B. King Blues Club 총지배인의 명함이야. 미리 전화해 뒀어, 클럽 밴드들이 연습하는 시간에 널 좀 끼워달라고 말이야. 브런치를 팔기 전까지는 클럽에서 연습했는데, 지금은 가게가 비는 시간이 없어서 따로 연습실을 잡아서 연습하는 것 같더라고."

건이 데릭이 내민 명함을 받아 들고 화려한 금빛 잉크로 쓰인 이름을 보았다.

"삼보 커프(Sambo Cuffe)."

데릭이 명함을 보고 있는 건에게 말했다.

"삼보는 열 한 살 때부터 그 가게에서 잔심부름하며 총지배인까지 된 녀석이야. 나와는 비비킹의 생전에 함께했던 라이브 때부터 친하게 지냈지. 성격 좋은 녀석이니, 잘해줄 거야. 미리 연락해 뒀으니 연습에 끼워 달라고 하면 된다."

건이 미안한 표정으로 말했다.

"데릭, 건강도 안 좋으신데 이런 것까지 신경 써 주시고 그러세요? 감사하면서도 죄송하네요."

데릭이 손을 흔들어주며 말했다.

"그냥 해주는 건 아니야. 지난 2주간 동물원에서의 네 모습을 지켜봤다. 넌 아마 나 이상은 가는 뮤지션이 될 거야. 내가 네 나이 때 해내지 못했던 것을 해내는 아이니까. 난 너의 천재성을 보고 투자를 하는 거야. 언젠가 내가 세상을 떠났을 때 사람들에게 여전히 좋은 음악을 들려줄 수 있는 후계자라고 생각하면 되겠지."

건이 어림도 없다는 표정으로 말했다.

"……후계자라니요, 벌써 그런 생각을 하시면 안 돼요, 데릭."

"하하, 그래. 최선을 다해 치료를 받고 나을 생각이니까 걱정하지 마. 하지만 나 역시 선배들에게 그렇게 키워졌다. 이제 받은 걸 돌려줄 때가 된 것뿐이지."

"비비킹을 말씀하시는 건가요?"

"그래, 그분도 내게 참 많은 걸 알려준 분이지."

"데릭의 마음속 스승은 누구인가요?"

"음…… 비비킹이나 알버트킹, 프레디킹 모두가 내 스승이지만, 내가 처음 기타를 잡았을 때 내 마음을 움직여 기타리스트가 되라고 외친 사람은 로버트 존슨이었어."

"로버트 존슨이요? 얼마 전에 샤론 교수님의 미션을 받고 그 분 노래를 들어봤는데."

"그래, 지금 들으면 좀 촌스럽게 들릴 수도 있지. 30년대 음악이니까 녹음 상태도 최악이고 말이야. 하지만 내가 마약 중독에서 빠져나온 후 중독자를 위한 시설을 만들었을 때 그 시설의 이름을 그의 노래인 'Crossroads'로 할 만큼 난 그에게 빠져 있었어."

"아, 그 노래도 들어봤어요."

"그래, 난 평생 선배들의 발자취를 따라왔지. 기타리스트로 이름을 남길 수 있을지는 모르겠지만, 그 선배들과 같이 선구자의 역할을 해냈다고는 할 수 없어. 케이 넌 그런 선배들처럼 되어 봐."

"제가…… 할 수 있을까요?"

"노래로 동물들을 재워줄 수 있는 놈이 그 능력으로 뭘 못 하겠어?"

"아…… 그건 그냥 조용한 노래를 해줬을 뿐인데……."

"됐어. 어차피 넌 스스로 자각도 없는 것 같으니. 언젠가는 스스로 어떤 존재인지 깨달을 날이 오겠지. 또 그 날이야말로 네 능력을 각성하고 날아오를 날이기도 할 테고. 여하튼 클럽으로 바로 가봐. 삼보가 기다리고 있을 거야. 난 좀 쉬어야겠군."

침대에 누워 이불 속으로 들어가는 데릭을 보던 건이 말했다.

"그럼 자주 올게요, 데릭. 고마워요."

누운 채 손을 들어 휘휘 저은 데릭이 몸을 돌려 눕자, 건이 병실을 나가 비비킹 블루스 클럽으로 향했다.

택시를 타고 클럽 앞에 내린 건의 눈에 모퉁이에 입구가 있는 클럽의 외관이 들어왔다.

화려한 네온사인으로 가득한 간판에 크게 B.B. King이라는 붉은 글자가 써 있었고, 그 아래의 롤링 간판에 끊임없이 현재 공연 중인 뮤지션들의 스냅샷들이 지나가고 있었다.

잠시 간판을 보던 건이 클럽 안으로 들어가자 흑인 여성 종업원이 다가와 물었다.

"몇 분이신가요?"

건이 주머니에서 명함을 꺼내 보여주며 말했다.

"삼보 커프 씨와 약속이 되어 있습니다."

여종업원이 모자와 마스크로 얼굴을 가린 건을 의심스러운 눈으로 보자, 건이 황급히 모자와 마스크를 벗어 얼굴을 보여주었다. 그러자 여종업원이 환하게 웃었다.

"아! 케이군요? 팬이에요, 호호! 이쪽으로 오세요."

건이 모자와 마스크를 벗는 순간 테이블에 자리를 잡고 앉아 있던 손님들의 웅성거림이 커졌다.

"케이다!"

"진짜? 어디 어디?"

"저기 지금 카운터 앞에 있잖아."

"와, 유명한 뮤지션의 레스토랑은 뭔가 다르네. 저런 스타도 오고 말이야. 사인받을까?"

"나중에 기회 되면 받아보자."

사람들의 시선이 집중되자 건이 손을 들고 인사했다. 여기저기서 박수와 휘파람 소리가 터져 나왔다. 잠시 미소를 지어주며 팬 서비스를 하던 건이 자신을 기다리고 있는 여종업원을 따라 클럽 뒤편의 사무실로 향했다.

여종업원이 검고 큰 문 앞에 서서 노크를 하였다.

똑똑.

"들어와."

안에서 굵은 남성의 목소리가 들려오자 여종업원이 건을 돌아보며 말했다.

"들어가세요. 미리 약속되어 있다고 하셨으니 제가 따라 들어가지는 않을게요. 일이 바빠서요, 호호. 나중에 꼭 사인해주고 가세요, 약속?"

귀여운 미소를 지으며 새끼손가락을 들어 보이는 여직원에게 시원한 웃음을 날려준 건이 문을 열고 들어갔다. 사무실 안에는 엄청난 덩치의 흑인이 회색 정장을 입고 선글라스를 쓴 채 앉아 있었다.

근육 돼지는 아니었고, 그렇다고 뚱뚱한 것도 아닌 애매한 덩치였다. 분명 근육량이 많은데 배가 엄청 튀어나와 있는 남성이었다.

그가 건을 보고는 자리에서 일어나 다가오며 말했다.

"케이. 왔군요. 데릭에게 미리 전화 받았습니다. 이리 앉으시죠."

건이 위압감이 드는 그의 덩치에 위축되는 자신을 느끼며 조심스럽게 그가 내어준 소파에 앉았다.

남성이 소형 냉장고에서 음료를 꺼내 내어준 후 건의 맞은편에 앉았다. 건은 그가 앉은 소파가 삐걱 소리를 내는 것을 보고 소파가 무너지지 않을던 걱정스러웠다.

이를 드러내고 웃던 그가 자신의 짧고 곱슬거리는 머리를 만지며 말했다.

"삼보 커프입니다. 반갑습니다."

"아, 케이입니다. 말씀 많이 들었습니다."

삼보가 소파의 등받이에 한팔을 올리며 다리를 꼰 후 말했다.

"저희 클럽에서 공연하는 밴드들의 연습에 참여하고 싶으시다고 들었는데, 맞습니까?"

건이 고개를 끄덕이며 말했다.

"네, 미스터 커프. 저는 아직 학생이라 블루스에 대해 배우고 있어요. 제게 그런 기회를 주신다면 큰 배움을 얻어갈 수 있을 것 같습니다."

"하하, 케이가 줄리어드의 학생이란 것을 모르는 사람은 없죠. 그래서 어떤 밴드의 연습에 참여하고 싶으신가요? 저희 클럽에는 많은 뮤지션들이 요일별로 공연 중인데."

"선호하는 밴드가 있는 것은 아니에요. 그저 제가 연습에 참여해 볼 수 있는 밴드면 만족합니다."

삼보가 잠시 벽에 걸린 공연 스케줄 표를 보며 고민에 잠겼다. 건이 그의 시선을 따라 스케줄 표에 시선을 주며 삼보의 입이 열리기를 기다렸다.

삼보가 한참 고민한 후 말했다.

"연습을 하려면 일단 연주 주자가 많은 밴드가 좋겠군요. 그리고 당신을 받아줄 수 있는 포용력과 밝은 분위기를 가진 밴드여야 할 것이고…… 혹시 백인 밴드를 선호하시나요?"

건이 실소를 지으며 말했다.

"전 동양인이에요, 미스터 커프. 굳이 인종으로 선택지를 삼지는 않습니다."

"흠, 그래요. 좋은 사상이네요. 블루스의 진면목을 배우려면 흑인 소울이 가미된 밴드가 좋겠습니다. 이렇게 하죠. 토요일 저녁 시간을 책임지고 있는 밴드 'a Escape of soul'이 어떨까요?"

건이 어깨를 으쓱하며 말했다.

"전 어떤 밴드라도 좋아요."

삼보가 하얀 이를 드러내며 검지 하나를 올렸다.

"하지만 저도 조건이 있습니다. 케이."

건이 의아한 얼굴로 그를 보자 삼보가 말했다.

"저는 사업가입니다. 돈 안 되는 일은 하지 않죠. 당신의 연습을 돕는 대신 연습 기간 동안 그들과 함께 비비킹 블루스 클럽에서 공연을 해주셔야겠습니다."

♪♪♩

건이 삼보의 안내에 따라 클럽의 맞은편에 있는 지하 연습실을 찾았다. 원래부터 연습실은 아니었는지, 일반 상가의 지하에 있는 연습실은 여러 개의 방으로 나뉘어 있었다.

관리인에게 얼굴을 보이자 미리 연락을 받았는지 꽤 넓어 보이는 연습실로 안내받은 건이 아무도 없는 연습실 의자에 앉아 핸드폰으로 'a Escape of soul'에 대해 알아보고 있었다.

'아홉 명이나 되는 대규모 밴드구나. a Escape of soul은.'

건이 한참 그들에 대해 검색한 결과를 보고 있다가 문득 삼보와의 대화를 떠올렸다.

"예? 제가 공연을요? 저는 그냥 배우는 학생일 뿐이라 무대에 오르긴 실력이 모자랄 텐데요."

"하하, 당신의 이름값만으로 충분합니다. 롤링 배너에 당신의 이름이 박히는 순간 우리 손님은 늘어날 테죠."

"하지만 밴드에게는 민폐가 되지 않을까요?"

"당신을 누구라고 생각하시는 겁니까? 당신은 무려 데릭 클립튼의 소개로 합류한 사람이에요. 단순한 학생이 아니죠. 당신이 지금까지 대중에게 보여준 모습만으로도 오히려 밴드 멤버들이 위축될 겁니다."

"제게 공연의 기회를 주시는 것은 좋지만…… 왜 이렇게까지 해주시나요?"

"하하, 말했다시피 전 사업가입니다. 돈 되는 일에 대한 냄새를 맡는 건 탁월하죠. 그래서 이 자리에 앉아 있는 것이기도 하고요. 당신에게 음악이란 예술이겠죠? 제게는 사업입니다. 뮤직 비즈니스, 그것이 현재의 제가 존재하는 이유이죠."

건이 조금 전 삼보와의 대화를 떠올리며 고개를 절레절레 흔들었다.

'돈에 물든 사람으로 보이지는 않았는데, 역시 사람은 겪어봐야 아는 건가.'

건이 손목을 들어 시계를 보았다.

'오후 세시네. 밴드의 연습이 오후 네 시 반부터라고 했는데, 너무 일찍 왔구나. 그동안 연주를 좀 해 볼까?'

건이 하쿠를 꺼내 앰프에 연결했다. 일류 클럽의 연습실이라 그런지 'Marshall JCM 2000'이라는 명 앰프가 있었다. 앰프에 잭을 연결 후 하쿠를 튕겨 본 건이 만족스러운 웃음을 지었다.

'소리 죽이네!'

건이 'A Escape of soul'의 'Knock on Wood' 리프 구간을 연주해 보았다. 발을 까딱이며 신나는 리듬에 몸을 실은 건이 이번에는 앰프에 스마트폰을 연결하고 같은 음악을 재생한 후 나름의 기타 애드립을 해보기 시작했다.

처음 해본 즉흥 연주가 어색했지만, 곧 그것이 주는 즐거움과 재미에 빠져든 건이 노트를 꺼내 앰프를 통해 들려오는 음악의 악보를 써내려가기 시작했다. 건의 손끝에서 완성된 악보는 점점 붉은색으로 물들기 시작했다.

색을 찾아가는 악보를 보고 웃음 짓던 건의 표정이 이상해졌다.

'검은색?'

붉은색 음표들 사이로 검은색 음표들이 색을 찾아가기 시작했다. 점점 변해가는 색들은 붉은색과 검은색이 혼란하게 섞인 음표로 변해갔다.

건이 고개를 갸웃하며 생각에 잠겼다.

'정열과 애정을 뜻하는 붉은색과 허무함과 절망을 뜻하는

검은색이 섞여 있다? 무슨 의미지?'

건이 악보가 주는 감정대로 리프를 애드립으로 바꾸어 연주해 보았다. 건의 손끝에서 악보가 주려 했던 감정 그대로의 음들이 쏟아져 나왔다. 한 곡을 끝까지 연주하던 건이 심각한 눈으로 턱을 쓸었다.

'제대로 느낌은 사는데…… 곡의 해석을 제대로 하지 못한다면 이건 스킬에 불과해.'

그때 갑자기 연습실의 문이 벌컥 열리며 백인 남자 두 명이 기타 가방을 멘 채 들어와 놀란 눈으로 건을 보았다. 두 사람 모두 뿔테 안경을 쓰고 있었는데, 한 명은 벙거지 모자를 쓰고 있었고, 다른 한 명은 짧은 금발 머리를 뒤로 빗어 넘겼다.

건이 둘을 보고 자리에서 일어나며 인사했다.

"안녕하세요?"

짧은 금발의 남자가 건을 아래위로 보며 말했다.

"아, 안녕하세요, 케이 씨. 미리 이야기 들었습니다. 그런데 방금 연주, 직접 하신 건가요?"

건이 부끄럽다는 표정으로 웃었다.

"아, 네 그냥 잠시 연습해 본 거예요."

벙거지 모자를 쓴 남자가 기타를 내려놓으며 말했다.

"괜히 유명한 분이 아니시네요. 단지 연습 연주가 그 정도라니. 정말 놀랐습니다. 저는 '리즈'라고 합니다."

짧은 금발 남자가 바로 이어 말했다.

"저는 레티라고 불러주세요. 반갑습니다."

건이 두 사람을 번갈아 보며 웃었다.

"기회를 주셔서 감사해요, 케이라고 합니다."

레티가 잠시 얼빠진 표정을 짓다가 말했다.

"처음에는 블루스를 배우려는 학생 중 대중에게 알려진 유명 학생에게 도움을 주는 수준인 줄 알았는데…… 당신의 연주를 듣고 나니 생각이 바뀌었네요. 오히려 우리가 도움을 받게 생겼군요."

건이 손사래를 치며 말했다.

"아니에요. 정말 많이 도와주셔야 해요. 전 아직 블루스에 대한 이해가 짧습니다."

리즈가 자신의 기타를 꺼내 의자에 앉으며 말했다.

"케이의 이해가 짧으면 우리는 뭔가요? 십 년이 넘게 블루스를 해왔지만, 그 정도 스킬은 자신 없는걸요."

건이 뒤통수를 긁으며 말했다.

"아니, 아직 이해가 안 되는 부분이 많아요. 연주는 단지 스킬이 아닌 소울이잖아요?"

레티가 통쾌하게 웃으며 말했다.

"이것 참! 벌써 연주의 가장 중요한 부분까지 알고 계시네요. 그래, 어떤 부분이 이해가 안 되시나요?"

건이 신중한 표정을 지으며 잠시 자신의 생각을 정리한 후 말했다.

"'A Escape of soul'의 음악을 들어봤는데 밝고 정열적인 음악이 주를 이루더군요. 그런데 이상하게 그 음악 속에서 절망과 허무함이 느껴져요."

레티와 리즈가 건의 말을 듣고 있는 도중 문이 열리며 뚱뚱한 70대 흑인이 들어왔다.

문을 열고 들어오던 그가 건을 보지도 않고 말했다.

"그게 바로 블루스야. 블루스이기 때문에 그런 절망과 허무함이 느껴지는 것이지."

건이 자리에서 벌떡 일어나 인사를 건넸다.

"안녕하세요, 오늘부터 함께 연습하게 된 케이입니다."

후덕해 보이는 인상의 노인이 눈이 비치는 옅은 색의 선글라스를 고쳐 쓰며 웃었다.

"그래, 반가워. 난 윌리엄이라고 하네. 미리 이야기는 들었지."

윌리엄이 후덕한 몸을 움직여 건의 옆에 세워져 있던 간이 의자를 펼쳐 자리에 앉았다.

움직이는 것이 힘든지 숨을 몰아쉬던 윌리엄이 말했다.

"블루스를 해본 적은 있나?"

"네, 운이 좋아서 좋은 스승님을 만나 스케일은 다 익혔어요."

"공연을 해 본 적은 없고?"

"네, 아직 기회가 없었어요."

"그런데 블루스가 주는 감정을 읽어냈다? 단지 책으로 배운 것도 아니고 곡을 연주해 보고 말이지? 무슨 곡이었나?"

"'Knock on Wood'였어요."

"그렇군. 좋은 곡이지. 밝은 가사로 가득 찬 곡이기도 하고 말이야. 그런데 그 곡에서 절망과 허무함을 읽어냈다? 자네 대단한 친구군? 스승이 누군가?"

"아…… 데릭 클립튼이에요."

옆에서 건과 윌리엄의 대화를 듣고 있던 리즈와 레티가 벌떡 일어났다.

"예? 데릭 클립튼이 스승이라고요?"

건이 쑥스러운 듯 어색하게 웃으며 말했다.

"그래 봐야 몇 주 배운 게 다라서 스승이라고 부르긴 뭐하지만, 블루스 스케일을 배운 건 그분이 맞아요."

입을 떡 벌린 리즈와 레티가 말을 잇지 못하자 윌리엄이 말했다.

"음…… 티즈가 천재라고 입이 마르게 말하더니 정말인가 보군? 데릭 클립튼이 가르칠 정도라면."

"티즈요? 그게 누구신데요?"

"우리 밴드의 여성 보컬이지. 밴드의 유일한 여성이기도 하고 말이야."

"아, 그분이 절 아시나 봐요?"

"그럼, 자네 얼마 전에 동물원에서 오케스트라 공연을 했지? 티즈가 거길 갔다더군. 거기서 자네 공연을 보고 온 날부터 며칠간 자네 이름을 입에 달고 살았어. 삼보가 자네를 밴드 연습에 끼워줄 수 있냐고 물었을 때 두 팔 벌려 환영한 것도 티즈였지."

"아, 감사한 분이네요, 하하. 잘해드려야겠어요."

"결혼은 했으니 조심하라고."

"아! 그런 뜻은 아니에요, 하하."

윌리엄이 잠시 선글라스를 벗어 주머니에서 꺼낸 손수건으로 렌즈를 닦은 후 말했다.

"그래, 아까 이야기로 돌아가 보지. 왜 정열적인 곡에 절망과 허무함이 담겨 있냐고 물었었지?"

"네, 윌리엄. 너무 대조되는 감정이라 조금 혼란스러워요."

"자네 혹시 '노예 12년'이란 영화를 본 적 있나?"

"아…… 아직 보지 못했어요."

"그래, 나중에라도 한번 찾아보게나. 그 영화를 보면 이해가 빠를 테니까."

"네, 윌리엄 꼭 볼게요."

윌리엄이 품에서 시가 케이스를 꺼내 뚜껑을 연 후 하나를 꺼내어 건에게 내밀자, 건이 손사래를 쳤다.

"아, 전 담배를 피우지 않아요."

윌리엄이 아쉽다는 듯 입맛을 다시더니 한 개를 물고 불을 붙였다.

"쿠바 산 최고급 시가인데 말이야. 내가 이걸 주는 사람은 잘 없다고. 자넨 최고의 기회를 놓친 거야."

건이 그저 웃음으로 대답을 대신하자 연기를 가득 내뿜은 윌리엄이 말했다.

"남북 전쟁 당시 흑인 노예들에 비해 숫자가 적은 백인 농장주들은 그들의 효율적 관리를 위해 습관적으로 폭력을 휘둘렀어. 하지만 그러면서도 신체 능력이 뛰어난 노예들 때문에 항상 긴장했지. 그들은 불안에 떨며 더 높은 수위의 폭력을 행사했고, 급기야 흑인 노예들끼리의 대화도 금지시켜 버렸지."

다시 한번 시가를 한껏 들이마신 윌리엄이 입과 코로 연기를 뿜으며 말을 이었다.

"아프리카에서 자유롭게 살아가던 흑인들은 말도 할 수 없는 답답한 처지에서, 야만적인 백인의 총부리 앞에 동물보다도 못한 노예 생활을 했던 것이야. 얼마나 답답했겠나? 드넓은 초원에서 사냥을 하며 뛰어다니던 아프리카인들은 힘든 노동을 버텨내고 또 살아남기 위해서, 뭐든지 표현할 수 있는 통로가 필요했지. 그래서 그들은 하늘에라도 대고 울분을 토하기 시작했고, 그것이 곧 '필드 홀러(Field holler)'라는 노예들의 노동요가 되었어."

건이 고개를 갸웃하며 물었다.

"필드 홀러요? 처음 들어보네요, 전."

윌리엄이 고개를 끄덕이며 설명을 이어 나갔다.

"지금은 쓰지 않는 말이니까, 어린 친구는 모를 수도 있지. 아무튼, 그것은 같은 흑인들과는 거의 대화를 할 수 없는 상태에서, 자신이 원치 않는 노동을 해야 하는 흑인들의 고통과 답답함과 설움을 신에게 호소하는 영적인 노래였어. 백인 농장주들도 뭔가 서로 대화를 하는 것이 아니라 고통스러운 작업을 이겨내기 위한 노래였을 뿐이니 특별히 막지는 않았지."

잠시 윌리엄이 입을 다물자 정적이 이어졌다. 자신의 말을 경청하는 젊은이들을 한번 둘러본 그는 다시 입을 열었다.

"필드 홀러는 미국의 남북 전쟁과 산업혁명을 거쳐 가며 두 가지로 나뉘게 되었어. 종교의 색이 강한 '가스펠'과 '블루스'지. 가스펠은 알다시피 찬송가에 소울을 더한 장르가 되었고, 세속적인 일상을 노래한 것이 블루스가 되었다네."

윌리엄이 긴 설명을 한 번에 내뱉은 후 다시 시가를 깊게 빨았다.

"누군가는 블루스의 가사가 천박하다고 말하지만 말이야. 그건 블루스의 근원인 필드 홀러가 얼마나 잔혹한 현실 속에서 탄생했던 것인지는 생각하지 못하고 하는 말이야. 지방의 민요들도 가사가 세속적인 것이 많다는 것은 알지?"

"네, 제 고향인 한국의 민요들도 가사를 보면 낯 뜨거운 내용인 경우가 많아요."

"그래, 블루스도 그런 것에서 출발했기 때문에 직설적인 가사를 쓰는 것이지. 여하튼 블루스의 배경에 흑인 노예들의 아픔이 있기 때문에 블루스 음악의 대부분에는 절망과 허무함이 녹아 있는 것이야."

건이 잠시 고민스러운 표정을 지었다. 윌리엄은 생각에 잠긴 건을 보며 조용히 시가를 피우며 기다렸다. 약간의 시간 동안 고민하던 건이 말했다.

"흑인이 아닌 사람들도 그 정서를 이해하고, 음악으로 표현할 수 있을까요?"

윌리엄이 피식 웃으며 레티와 리즈를 가리켰다.

"재들이 흑인으로 보여?"

삼보의 사업 수완은 대단했다. 그는 건이 연습을 시작하자마자 즉시 클럽 간판의 롤링 배너 가장 맨 처음에 'Kay & A Escape of soul'이라는 배너를 내 걸고 한술 더 떠 케이의 사진까지 박아 넣었다.

지나가는 많은 행인이 그것을 보고 그들의 입과 입으로 소문이 전파되는 것은 순식간이었다.

건은 이 사실을 모르고 동물원으로 돌아와 애교를 부리는 파이와 리키를 안고 소파에 앉아 윌리엄이 말했던 '노예 12년'을 인터넷으로 결재해 보고 있었다.

'음…… 예상했던 내용이구나. 주인공이 북부의 자유인인데 흑인이라는 이유로 납치되어 남부에 팔려와 12년이란 세월 동안 참혹한 노예 생활을 하는 내용이다. 중간에 윌리엄이 말한 필드 홀러가 나오지만, 블루스의 감성보다는 가스펠의 감성이 더 많이 나오는구나.'

건이 두 시간이 넘는 영화를 모두 본 후 노트북을 껐다. 리키와 파이는 건과 함께 소파에 누워 있다가 그대로 잠이 들었다.

잠이 든 아기 동물들을 안아 든 건이 사육사들의 숙소에 있는 울타리 속에 두 동물을 넣어주고 난 후 터벅터벅 자신의 숙소로 돌아오고 있었다.

아직 너무 늦은 밤은 아니라, 동물들에게 노래해 줄 시간은 아니라는 것을 확인한 건이 숙소로 돌아가는 길에 있는 잔디밭에 누워 하늘을 보았다.

'이번 주 토요일에 있을 공연에서 망신이라도 면하려면 제대로 연습은 해둬야 할 텐데.'

건은 토요일 공연에서 어쿠스틱 기타 주자로 합류하기로 약속되었다. 아직 밴드의 멤버를 모두 만나보지도 못한 건의 입장에서는 초조해질 수밖에 없는 타이트한 일정이었다.

건이 하얀 이를 드러내고 웃던 삼보의 선글라스 쓴 얼굴을 떠올렸다.

'도움을 바라는 입장에서는 어쩔 수 없다고 하지만, 'A Escape of soul'의 개런티 협상도 없이 내 이름을 올리는 건 너무한 거 아냐? 쳇.'

삼보는 'A Escape of soul'의 개런티 협상을 하지 않았다. 손님 수에 따라 개런티가 올라가기 때문에 건으로 인해 손님이 많아지면 그만큼 더 많은 개런티를 받게 된다는 이유에서였다.

배우는 입장이라 정식 계약을 요구하기 힘든 건의 입장과 건을 끼워주기만 하면 더 많은 손님에게 개런티를 받게 되는 'A Escape of soul' 양쪽의 입장을 적절히 이용하고 있는 삼보였다.

건이 잔디밭에 누워 하늘을 보다 벌떡 일어났다.

'이러고 있을 시간이 없지. 연습해야 할 곡만 다섯 곡인데. 빨리 악보부터 외워야겠다.'

건이 숙소로 달려가 J-200을 들고 침대에 앉아 연주 연습을 하였다. 이번 공연에서 건은 노래를 하지 않기에 기타 연습만 해두면 되었지만, 오랫동안 호흡을 맞추어 온 밴드에게 민폐를 끼치지 않으려면 정확한 악보를 외워둬야 했다.

"'Knock on Wood', 'Soul Man'은 밴드의 오리지널 곡이고…… 'Crossroad'와 'Me and the Devil Blues', 'Preachin Blues'는 로버트 존슨의 곡을 편곡한 버전이구나."

건의 연습은 밤늦도록 이어졌다. 며칠 남지 않은 연습 기간 동안 밴드 멤버들과의 합까지 맞추어야 했기에 오늘 밤에 모든 악보를 외워둬야 했기 때문이다. 연습을 하느라 새벽이 되는 줄도 모른 건이 동물들에게 노래를 해줄 생각도 못 하고 그대로 침대에 엎어져 잠이 들었다.

다음 날 점심 전에 눈을 뜬 건이 황급히 준비하고 연습실로 향했다. 지하로 내려가는 계단을 내려가자 이미 밴드의 연습이 시작되었는지 음악 소리가 흘러나오고 있었다. 잠시 연습실 입구에서 머뭇거리며 눈치를 보던 건이 음악이 멈춘 틈을 타 연습실의 문을 열었다.

"늦어서 죄송합니다!"

연습실에 있던 멤버들이 모두 건을 쳐다보았다.

그중 30대 후반으로 보이는 흑인 여성이 웃으며 달려와 건의 팔을 잡으며 말했다.

"어머! 케이! 왔군요?"

건이 초면부터 친근하게 구는 후덕한 흑인 여성을 보며 어색하게 웃었다.

"아, 안녕하세요? 티즈 씨 맞죠? 케이라고 합니다."

티즈가 건의 팔짱을 끼고 잡아당기며 말했다.

"기다렸어요, 얼른 와요."

건이 티즈의 손에 이끌려 연습실 중앙으로 간 후 모자를 벗고 인사했다.

"안녕하세요, 케이라고 합니다. 오늘 늦어서 정말 죄송합니다. 어제 늦게까지 악보를 외우다가 그만 늦잠을 자 버렸어요, 죄송합니다."

윌리엄이 건의 말에 눈썹을 꿈틀하며 물었다.

"오? 그럼 하루 만에 악보를 다 외웠다는 건가?"

건이 황급히 J-200을 케이스에서 빼며 말했다.

"네, 기본적인 것은 다 외웠어요."

건이 잭을 연결 후 의자에 앉는 것을 본 윌리엄이 허리에 손을 얹으며 말했다.

"좋아, 실력 한번 보자고. 헤이 드러머! 'Knock on Wood'로 가지."

건의 연주는 첫 곡을 채 연주하기 전에 밴드 멤버들을 사로잡았다. 단 하루의 연습 기간으로 밴드에 완전히 녹아들었기 때문에 밴드의 세 명의 흑인 보컬들은 노래하는 내내 입가에 미소를 매달았다.

베이스와 일렉 기타를 치고 있던 리즈와 레티는 건의 손에서 눈을 떼지 못하고 그저 입을 쩍하고 벌리고 있을 뿐이었다.

첫 곡의 연습이 끝나자 윌리엄이 크게 웃음을 터뜨렸다.

"하하하! 이거 죽여주는 어쿠스틱 연주자가 들어왔군! 학생에게 도움을 주는 게 아니라 오히려 우리 밴드가 도움을 받게 생겼어."

티즈가 마이크 스탠드를 잡으며 말했다.

"그것 봐요, 제가 처음부터 말했잖아요. 저 사람은 케이라고요, 케이!"

레티가 입을 벌린 채 말했다.

"어떻게 단 하루 만에 이 정도 완성도를 보일 수가 있지? 난 그냥 우리 밴드 연습인 줄 알았어. 거슬림이 하나도 없네?"

리즈 역시 고개를 끄덕이며 베이스 기타 줄을 튕겼다.

"맞아, 우리랑 몇 년 호흡을 맞춘 사람 같네."

윌리엄이 선글라스를 고쳐 쓰며 웃었다.

"좋아, 이번 공연은 문제없겠어, 솔직히 좀 걱정했는데 말이야, 하하. 모레가 공연이니까 오늘은 좀 오랜 시간 연습해 보자고!"

윌리엄의 말이 떨어지자 연주자들이 다시 자세를 가다듬었고, 연습은 무려 네 시간이나 이어졌다. 연습이 끝난 후 윌리엄과 티즈는 건에게 저녁을 사주겠다며 근처 한적한 식당으로 데려갔다.

건은 오늘 일어나자마자 뛰어와 네 시간이나 연습한지라 피곤했지만, 밴드의 핵심 멤버인 두 사람과 친분을 쌓아두는 것이 좋겠다는 판단하에 함께 식사를 했다.

윌리엄이 자신의 앞에 놓인 토마토 스프를 한 숟갈 떠먹으며 말했다.

“그래, 오늘 하루 함께 연습해 봤는데, 네 눈에 우리 밴드 어떤 것 같아?”

건이 자신의 앞에 김을 모락모락 피우며 놓인 양송이 스프에 숟가락을 넣고 휘저으며 말했다.

“음…… 밴드의 오리지널 곡은 블루스와 가스펠의 중간쯤 영역인 것 같아요. 로버트 존슨의 곡도 풍성한 악기가 함께하면서 가볍게 몸을 흔들며 들을 수 있는 곡으로 편곡하셨더군요.”

티즈가 고개를 끄덕이며 빵을 들어 조금씩 떼어먹으며 말했다.

“맞아요, 윌리엄과 저는 교회에서 성가대를 하고 있기도 하거든요.”

건이 그럴 줄 알았다는 듯 말했다.

“어쩐지, 노래를 하실 때 그런 느낌이 나더라고요.”

윌리엄이 토마토 스프를 들어 후루룩 마신 후 접시를 놓고 말했다.

"쩝, 쩝. 로버트 존슨의 곡은 어떤 것 같아?"

건이 조금 고민스러운 표정으로 말했다.

"사실 잘 모르겠어요. 너무 급하게 연습만 하고 온 거라 따라가기도 힘들었거든요, 오늘은."

티즈가 윌리엄을 타박하며 말했다.

"오늘 처음 연습에 참가한 사람한테 너무 타이트한 질문은 하지 말아요, 윌리엄. 케이 부담되게."

윌리엄이 어이없다는 표정으로 티즈에게 말했다.

"허! 참나, 밴드에 리즈가 처음 들어왔을 때 깐깐하게 이것저것 물어보던 건 티즈가 아니라 다른 여자였나? 왜 케이한테만 그렇게 특별취급이야? 하여간 여자들이란, 잘 생긴 놈들만 보면 정신을 못 차리지."

티즈가 눈을 흘기며 말했다.

"어이구, 남자들만 할까요? 윌리엄도 70이 넘었으면서 무대 위에서 예쁜 여자들한테만 가까이 가서 윙크 날리는 거 다 알거든요?"

"어흠! 그건 어디까지나 무대 매너야, 무대 매너. 팬 서비스 몰라?"

"지난번에 조지아에서 온 여행객들이랑 공연 끝나고 술 마시러 나간 거 다 알아요, 어디서 발뺌이셔?"

"그, 그건 블루스에 대해 시, 심도 깊게 알고 싶다는 학생들에게……."

"됐어요, 윌리엄. 레티한테 다 들었거든요? 아주 웃다가 입 찢어지게 생겼다고 레티가 얼마나 웃어댔는데."

"이! 이 레티 놈! 하여간 입은 가벼워서!"

건이 오랜 시간 호흡을 맞춰 나이를 떠난 친구 같은 두 사람이 투덕거리는 것을 보고 웃었다.

티즈가 한참 윌리엄을 타박하다 웃고 있는 건을 보고 멍해졌다. 입에 넣은 빵을 씹는 것도 잊어버리고 건의 얼굴에서 눈을 떼지 못하는 티즈를 본 윌리엄이 실소를 지었다.

"정신 차려라. 남편이랑 아이도 있으면서."

티즈가 화들짝 놀라며 윌리엄을 째려보았다.

"가정 있는 여자는 팬하면 안 된다는 법 있어요?"

윌리엄이 양손을 들며 졌다는 듯 말했다.

"알았다, 알았어. 내가 말로 널 무슨 수로 이기겠어. 여하튼 케이. 이제 우리 밴드와 함께하게 됐으니 잘 부탁해. 제대로 따라오라고."

그날 세 사람은 식사만 하려던 생각을 접고 가볍게 와인을 곁들이며 늦은 시간까지 서로를 알아갔다.

남은 이틀간 집중력을 발휘하여 연습에 박차를 가한 밴드 멤버들에게 드디어 첫 공연일인 토요일이 왔다.

♪♪♩

항상 사람이 많은 B.B. King Blues Club이었지만 이날은 유독 클럽 앞에 죽치고 앉은 십 대가 많았다. 케이의 공연을 보러 온 십 대 팬들이 술을 판매하고 있는 클럽에 입장하지 못하자, 그의 얼굴이라도 보기 위해 기다리고 있었던 것이다.

건이 맞은 편 연습실에서 마지막까지 연습을 한 후 밴드 멤버들과 클럽으로 향하자, 클럽 앞에 있던 십대 팬들이 우르르 몰려들었다.

"꺄아아악!"

"케이! 케이! 날 좀 봐요!"

밴드 멤버들이 당황했지만 이런 상황을 자주 겪은 건은 손을 흔들어주며 가장 가까이 있는 클럽의 보안 요원의 뒤로 재빨리 숨었다.

보안 요원의 보호를 받으며 클럽으로 들어간 건이 바로 무대로 올랐다. 클럽 내에는 이미 손님으로 발 디딜 틈이 없었고, 건이 무대로 올라오자 큰 환호가 나왔다.

윌리엄이 간단한 인사 후 첫 곡을 시작하자, 손님들이 음식을 먹으며 몸을 흔들어댔다. 건은 의자에 앉아 밴드의 음악에 자신의 기타를 실어 올렸다.

"쨍그랑!"

연주 도중 갑자기 술병이 깨지는 소리가 들리고 모두의 시선이 집중되었다. 밴드 역시 순간 놀라 연주를 멈추고 소리가 난 곳을 보았다.

"데릭 클립튼이다!"

"진짜야? 데릭 클립튼이 왔어?"

건이 사람들의 소리에 놀라 의자에서 일어나 손님들의 고개가 돌아가 있는 쪽을 보자 무서운 눈을 뜬 데릭이 자신을 노려보고 있었다.

그의 비틀린 입가에서 조금 쉰 듯한 목소리가 흘러나왔다.

"삼보! 삼보 커프! 어디 있나! 당장 나와!"

서슬 퍼런 데릭의 외침에 손님들의 웅성거림이 커졌다.

"뭐야, 왜 저래? 무슨 일 있나?"

"그러게, 삼보 커프가 누구야?"

"여기 총지배인이잖아. 비비킹 살아 있던 시절부터 있던 사람."

"데릭 클립튼 엄청 화난 것 같아 보이는데?"

공연이 중단되고 손님들이 당황하자 직원들이 재빨리 삼보에게 보고 했다. 헐레벌떡 뛰어나온 삼보가 데릭의 자리 앞에 달려와 주위를 보며 어색한 웃음을 지으며 말했다.

"오! 데릭 클립튼 씨! 언제나 우리 가게를 자주 찾아주셔서 감사합니다! 무슨 불편하신 것이라도?"

데릭이 이글거리는 눈으로 삼보를 쏘아 보자, 그가 주위 손님들의 눈치를 보고는 데릭에게 속삭였다.

"여기서 이러지 마시고, 사무실로 들어가시죠. 영업에 방해가 됩니다."

데릭이 주위를 쏘아본 후 다시 삼보를 보자, 그가 데릭의 어깨를 잡고 친근한 척 일으켜 세웠다.

"자자, 제 방으로 가시죠, 데릭 클립튼 씨. 뭐해? 밴드 연주 다시 시작해!"

삼보가 데릭을 부축하고 사라지자 클럽 안에 어색한 공기가 흘렀다.

무대에 서 입맛을 다시던 윌리엄이 마이크를 잡았다.

"아…… 잠시 소란이 있었습니다. 다시 공연을 시작하죠, 헤이 드러머! 박자 줘!"

클럽 안에 음악이 흐르기 시작하고 깨어진 분위기가 다시 돌아왔지만, 건은 여전히 걱정스러운 눈으로 삼보의 사무실 쪽을 힐끗 쳐다보았다.

'데릭, 몸도 안 좋은데 여긴 왜……'

건의 걱정과 같이 데릭은 정상적인 몸 상태가 아니었다. 삼보의 부축을 받아 그의 사무실 소파에 몸을 의탁한 데릭이 기침을 했다.

콜록, 콜록.

그를 소파에 앉힌 삼보가 허리춤에 손을 올리며 말했다.

"아니, 데릭. 몸도 안 좋은 분이 왜 남의 가게에 와서 분위기를 깨고 그래요?"

손으로 입을 가리고 한참 기침을 하던 데릭이 숨을 헐떡이며 말했다.

"허억, 헉. 내, 내가 케이에게 블루스를 알려주는 것을 도와달랬지, 언제 저따위 무대에 세우라고 했나? 허억, 헉."

삼보가 답답하다는 표정으로 가슴을 쳤다.

"이보세요, 데릭. 나도 먹고살아야 할 것 아닙니까? 내가 자선 사업가로 보여요? 여긴 클럽이고, 이건 내 가게에요."

데릭이 소파에서 힘겹게 몸을 일으키며 말했다.

"더 들을 것도 없어. 케이를 데리고 나가겠네."

삼보가 선글라스를 벗으며 말했다.

"며칠 전부터 광고가 나갔습니다. 케이를 데리고 간다면 가게가 입을 손해에 대해 배상해 주셔야겠는데요?"

데릭이 몸을 반쯤 일으킨 채 삼보를 노려보았다.

"음악 비즈니스계에서 몇십 년을 굴러먹은 날 무시하는 건가? 자네 계약도 안 했지? 케이에게 게런티 계약을 했나?"

삼보가 당황하는 표정을 지으며 말을 더듬었다.

"그, 그게. 공연하는 밴드의 게런티에서 케이의 수입은 나눠 주려고……."

데릭이 완전히 몸을 일으키며 말했다.

"계약은 없었다는 거군. 그럴 줄 알았어. 자네 왜 이렇게 변했나? 비비킹이 살아 있을 때 자넨 이렇지 않았어! 돈밖에 모르는 자가 되었군!"

삼보가 일어나는 데릭의 팔을 부여잡으며 말했다.

"아니, 이렇게 가시면 클럽은 어떡하라는 겁니까? 잠깐 앉아 보세요!"

데릭이 삼보의 팔을 뿌리치며 말했다.

"놓게! 오늘 공연까지는 하게 해주지. 그렇지만 다음 주 공연은 없던 일로 하게."

삼보가 식은땀을 흘리며 말했다.

"토요일 정기 공연에 당분간 케이가 나온다고 홈페이지에까지 광고했단 말입니다. 잠깐 앉아서 협상을 좀 합시다. 대화를 해야 일이 풀리죠."

데릭이 삼보를 노려보다가 다시 기침을 하며 자리에 힘없이 주저앉았다.

콜록! 콜록!

삼보가 다급히 수화기를 들고 종업원에게 말했다.

"여기 따뜻한 커피 좀 가져와!"

수화기를 내려놓은 삼보가 소파에 반쯤 누워 있는 데릭에게 말했다.

"커피 한 잔하시면서 이야기 좀 나눠 보죠, 데릭."

데릭이 아무 말 없이 숨을 몰아쉬며 삼보를 쏘아보았다. 잠시 후 김이 나는 커피를 가져온 종업원이 둘의 눈치를 보며 테이블에 커피를 놓고 가자 삼보가 입을 떼었다.

"도대체 뭐가 문제입니까? 케이는 밴드와 연습을 하고 무대에 서면서 경험도 하고, 저는 돈을 벌면 모두가 행복한 것 아닙니까?"

데릭이 그런 삼보를 약간 서글퍼진 눈으로 보았다.

"삼보. 어쩌다 이렇게 변한 건가?"

"아니, 뭐가 변했단 말입니까? 제 말이 틀렸어요? 여긴 클럽이고, 사업을 하는 곳입니다. 돈을 벌어야 유지가 되고! 유지가 되어야 비비킹의 이름이 계속 사람들에게 알려질 것이고요!"

데릭이 언성을 높이는 삼보를 조용히 바라보았다. 삼보는 데릭이 아무런 말을 하지 않자 주머니에서 시가를 꺼내 피우려다 멈칫했다.

잠시 파리한 얼굴의 데릭을 본 삼보가 입맛을 다시며 시가를 내려놓고 조금 차분해진 말투로 말했다.

"데릭. 당장 다음 주부터 케이를 내리면, 공연장을 찾은 손님들이 가만히 있겠습니까? 광고를 보고 멀리서 찾아오겠다는 손님들도 있어요. 우리 사정도 좀 봐주세요."

데릭이 삼보의 옆 벽에 걸린 비비킹의 사진으로 시선을 돌렸다. 사진 속 비비킹은 클럽을 배경으로 눈을 감고 기쁜 표정으로 기타 연주를 하고 있었다. 단지 사진이었지만 그것만으로 그의 끈적한 연주가 들리는 듯했다.

데릭이 잠시 사진을 보다 삼보에게 말했다.

"유지……. 아까 유지라고 했지? 클럽을 유지하는 데 문제가 있나?"

삼보가 한숨을 쉰 후 고개를 절레절레 저었다.

"왜 갑자기 브런치를 팔고 있다고 생각하십니까? 원래 낮에는 연주자들의 연습 장소로 썼잖아요. 브런치를 팔면서 연습실도 없는 밴드들이 각자 돈으로 가까운 연습실을 빌려서 연습하고 있어요. 모두 재정 악화 때문이고요."

"왜 재정 악화가 일어난 거지? 손님도 많아 보이던데."

삼보가 멈칫하며 잠시 고민하다가 이내 한숨을 쉬었다.

"비비킹의 유언을 지키기 위해서였습니다."

데릭이 인상을 찌푸리며 말했다.

"유언? 비비킹이 유언을 남겼나?"

"예, 임종을 지켰으니 제가 잘 알지요."

삼보가 자리에서 일어나 비비킹의 사진을 보다 품 안에서 손수건을 꺼내 액자를 닦았다.

"비비킹이 평생 어려운 흑인 아이들에게 장학금을 줬다는 것을 아십니까?"

데릭이 고개를 끄덕이며 말했다.

"그래, 알고 있지. 그가 서른다섯이 될 때부터 시작했다고 했었어. 무려 사십 년이 넘는 시간 동안 계속해 오신 일이라 모두가 존경했지."

삼보가 비비킹의 사진에서 눈을 떼지 않으며 조심스럽게 말했다.

"그분이 세상을 뜨신지 이제 삼 년이 넘었습니다."

"그래, 나도 알고 있네."

"그분이 돌아가시고 난 후에도 장학금은 계속되고 있습니다. 비비킹의 이름으로."

"뭐? 유족들이 계속하는 건가?"

"아닙니다. 이 클럽의 수입으로 유지하고 있습니다."

데릭이 아련한 눈으로 비비킹의 사진을 보고 있는 삼보의 옆 모습을 보며 잠시 말을 잇지 못했다.

잠시 침묵을 지킨 데릭이 한참 만에 입을 떼었다.

"그것 때문인가? 돈 귀신이 된 이유 말이야."

삼보가 고개를 푹 숙인 채 말했다.

"맞습니다. 처음 그분이 돌아가셨을 때만 해도 충분히 장학금을 유지할 수 있을 거라 생각했습니다. 하지만 그분이 없는 클럽이 전과 같을 거라고 생각했던 제가 바보였지요."

삼보는 다시 시가를 물었다가 입에서 떼며 말했다.

"아무리 유명한 블루스 뮤지션을 불러와도 손님은 점점 줄어갔습니다. 비비킹의 공연을 보러 오던 올드 팬들은 이제 가게에 오지도 않아요. 그저 뜨내기 여행객들이 어디서 주워듣고 찾아와 공연을 배경으로 즐거운 척 사진을 찍고 SNS에 자랑이나 하는 그런 가게가 되어버렸습니다."

데릭이 약간 놀란듯한 눈으로 삼보를 보자 그가 소파에 앉으며 데릭과 눈을 맞추었다.

"이제 그분이 계실 때의 음악이 가득한 클럽은 없습니다. 다 제 탓이죠. 제가 부족했고 생각이 짧았습니다. 그래서 그분의 유언이라도 지키고 싶었습니다. 고통받는 흑인 아이들에게 빛이 되어주었던 그분의 뜻. 저 역시 그분의 은혜가 아니었다면, 뒷골목에서 마약이나 팔다가 지금쯤 어딘가의 교도소, 곰팡이가 잔뜩 핀 방에서 인생을 후회하며 누군가를 원망하고 있었겠죠."

데릭이 깊어진 눈으로 삼보를 보았다.

"분명 내가 기억하는 자네는…… 잔심부름을 하다가도 비비킹의 연주를 경의와 동경에 찬 얼굴로 지켜보고 블루스가 주는 즐거움에 빠질 줄 아는 사람이었네. 어느 순간 변해 버린 자네를 보며 그저 돈이 사람을 바꾸어 놓았다고 생각했는데,

내가 미안해지는군. 그래도 비비킹의 생전에 꽤 친하게 지냈던 내가 조금 더 챙겼어야 했는데 말이야."

데릭이 힘없는 표정으로 앉아 있는 삼보에게 조심스럽게 말했다.

"내가 좀 도와줄까?"

삼보가 피식 실소를 지으며 한숨을 쉬었다.

"휴, 데릭 당신 같은 부자라면 도와주시는 것은 어렵지 않겠죠. 하지만 그것이 그분이 원하는 것이라 생각하세요? 전 더는 어린 시절 구걸하며 연명하던 삼보가 아닙니다. 그분이 이 클럽을 피 한 방울 섞이지 않은 제게 물려주신 이유가 겨우 남에게 도움을 받아 자신의 유언을 이어가라는 것은 아니었을 것이고요. 저는 하늘에서 지켜보고 계실 그분을 실망하게 해드리고 싶지 않습니다."

데릭이 자신이 실언을 했다는 것을 깨닫고 조용히 입을 다물었다.

삼보가 이제는 식어버린 커피를 한 모금 마시고 말했다.

"케이의 일은 미안합니다. 그가 워낙 유명세를 떨치고 있는 신예라 좋은 기회라고 생각해서 급하게 밀어붙인 감이 있네요. 하지만 정말 어떻게 안 되겠습니까, 데릭?"

데릭이 조용히 눈을 감고 고민에 빠졌다. 삼보가 그런 데릭을 바라보며 조용히 기다렸다. 10분이 넘는 시간 동안 장고를 하던 데릭의 눈이 떠졌다.

"이렇게 하세."

삼보가 반색하며 말했다.

"말해보세요. 케이를 무대에 세워만 주신다면 어떤 조건이라도 받아들이겠습니다."

데릭이 소파에서 등을 떼고 몸을 숙여 삼보에게 가까이 다가가 말했다.

"지금 함께하고 있는 밴드 말고, 보컬 없이 연주만 하는 서브 밴드가 있지? 그 밴드를 케이에게 맡기게."

"예? 그 친구들은 지금 무대를 서고 있지 않습니다. 뮤지션들이 계약되지 않아 비는 시간에나 연주하는 친구들인데 그들을 케이에게 맡기라니요? 그 친구들은 밴드 이름도 없는 무명 밴드인데요."

"그래, 그래서 말하는 거야. 나는 케이에게 블루스가 주는 즐거움을 알려주려고 했네. 이미 완성된 밴드의 세션이나 하라고 보낸 것이 아니란 말이야."

무언가를 생각하던 삼보가 잠시 공연 스케줄 표를 살펴본 후 말했다.

"그 친구들을 맡기면 언제쯤 무대에 설 수 있는 겁니까? 시간이 필요하지 않을까요? 이미 광고가 나가 다음 주에 반드시 공연을 해야 합니다."

데릭이 소파에 등을 대고 편안히 앉으며 말했다.

"맡겨 봐. 그 녀석이라면 시간 내에 답을 가져올 수 있을 테니까."

삼보가 한참 동안 자신을 보는 데릭의 눈을 빤히 보았다. 증오에 가득 차 자신을 노려보던 데릭의 눈빛이 어린 시절 자신을 귀여워해 주던 따뜻한 눈빛으로 변한 것을 본 삼보가 자기도 모르게 미소를 지었다.

다시 신중해진 표정으로 잠시 고개를 떨구었던 삼보가 고개를 들며 말했다.

"좋습니다. 해보시죠."

◈ 2장 ◈
Groove of Blues

건은 서둘러 무대를 마무리하고 찾아간 데릭에게 자초지종을 들었다. 데릭은 힘들겠지만, 밴드를 이끌어보고, 블루스가 주는 즐거움에 빠져보라는 말만 남기고는 병원으로 돌아갔다.

비틀거리며 힘겹게 택시를 잡는 데릭을 더 붙잡고 있을 수 없었던 건이 가게로 들어오자 삼보가 카운터에서 건을 기다리고 있었다.

"케이, 잠시 좀 볼까요?"

건은 삼보에게 거부감을 느꼈지만, 데릭의 말 때문이라도 그와 대화를 할 필요성을 느껴 말없이 그의 사무실로 따라 들어갔다.

사무실에 도착한 삼보가 건에게 소파를 권하며 말했다.

"커피?"

"네, 주세요. 아메리카노로요."

삼보가 싱긋 웃으며 따뜻한 커피를 따라 테이블에 올려두고 맞은편 소파에 앉았다. 삼보는 아무 말 없이 잠시 동안 건을 빤히 보았다.

건이 살짝 민망해질 무렵 삼보가 입을 열었다.

"데릭이 케이를 생각하는 마음이 대단하더군요. 어지간히 마음에 드셨나 봐요."

건이 아무 말 없이 그를 노려보자 삼보가 어깨를 으쓱하며 말했다.

"아, 그렇게 적대적으로 보지 않아도 돼요. 이제 다 말할 준비가 되었으니까."

건이 의아한 눈빛을 보내자 삼보가 말했다.

"날 돈 귀신이라고 생각하죠? 음악은 안중에도 없고 그냥 돈이나 벌면 만족하는 돼지 정도?"

건이 차가운 눈빛으로 그답지 않게 말했다.

"부정하지 않겠습니다."

삼보가 순둥이 같던 건의 직설적인 말에 천장으로 고개를 들고 손으로 눈을 가렸다.

"휴우, 내가 생각해도 그럴 만했죠. 당신 말이 맞습니다. 한동안 그렇게 살아왔다는 것이 진실이죠. 그런데 말입니다, 케이."

잠시 숨을 고른 삼보가 건의 눈을 똑바로 보며 말했다.

"어떤 경우에도 정당화되기는 어렵겠지만, 분명한 이유가 있다면요? 그것이 비비킹의 유언을 지키기 위함이었다면, 그럼 어쩌시겠습니까?"

건이 차가운 눈빛을 거두지 않은 채 한참 삼보를 노려보았다. 삼보가 보내는 진실된 눈빛의 진위를 파악하려는 듯 눈을 피하지 않고 마주하던 건이 입을 열었다.

"비비킹의 유언이 무엇인지는 모릅니다. 하지만 그분이 잘못된 일을 하라고 하지는 않으셨겠지요? 유추하자면 그분의 유언은 돈이 드는 것이었겠군요. 당신이 그것을 지키기 위해 돈을 벌어야 했다면 말이죠."

"호오? 정확합니다."

"돈을 버는 것은 무척 어렵다고 생각합니다. 그 점에 대해서 당신은 탁월한 능력을 가졌다고 생각하고요. 하지만 뮤지션의 음악을 존중하지 않으면서까지 뮤직 비즈니스를 하는 이유는 알 수 없습니다. 단지 돈을 벌고자 했다면 다른 일을 하셨어도 충분했을 텐데요."

삼보가 몸을 뒤로 젖히고 팔짱을 꼈다.

"흐음. 비비킹의 유언에 이 클럽의 운영이 포함되어 있다면요?"

건이 아무 말 없이 그를 노려보았다. 한참 눈싸움을 하던 중 삼보가 먼저 양손을 들어 올리며 말했다.

"좋습니다. 제가 졌어요. 데릭에게 어디까지 이야기를 들으셨습니까?"

"제가 주축이 될 수 있도록 밴드 멤버를 지원해 주신다는 이야기와 다음 주 토요일 무대부터 공연해야 한다는 것까지 들었습니다."

삼보가 팔짱을 낀 채 다리를 꼬며 삐딱한 고개로 건들거리며 말했다.

"할 수 있겠습니까?"

건이 손으로 자신의 무릎을 지탱해 몸을 일으켜 세우며 말했다.

"반드시 해내죠. 당신에게 지고 싶지 않으니까요."

삼보가 거만한 표정으로 말했다.

"그래요? 그럼 가보세요. 시간이 부족할 테니. 밴드 멤버들은 내일 오후 두 시까지 연습실로 보내겠습니다."

건이 가만히 삼보를 내려다본 후 밖으로 나갔다.

건이 세차게 닫고 나간 문이 끼리릭 소리를 내며 흔들리는 것을 보던 삼보의 표정이 슬퍼졌다.

삼보가 고개를 들어 비비킹의 사진을 본 후 한숨을 쉬며 문 쪽을 바라보며 말했다.

"미안합니다, 케이. 모든 것이 끝나면 사과드리죠."

다음 날.

일요일이었지만 마음이 급했던 건이 동물원의 오전 일이 끝나자마자 연습실로 향했다.

약속 시간이 세 시간 가까이 남아 있어 혼자 연습실에 앉아 곡을 선정하던 건이 생각했다.

'역시 데릭의 노래를 하는 것이 좋겠지? 그의 모든 곡에는 블루스가 스며 있으니까 말이야. 팝에 가까운 음악에도 모두 블루 노트가 숨겨져 있다.'

건이 데릭의 노래를 하나씩 검색해 들어보았다.

'메인이 될 곡은 역시 'Change The World' 가 좋을 것 같지만, 공연의 시작은 가장 블루스 향기가 나는 'give me strength'로 시작하자. 마무리는 'tell the truth'로 가면 될 거야. 세 곡만으로 승부를 본다.'

건이 눈을 감고 하쿠를 든 채 이어폰으로 들려오는 데릭의 노래에 맞추어 기타를 튕겼다.

악보를 만들어 볼 생각도 할 수 없을 만큼 완벽한 그의 곡에 빠져 같은 곡을 다섯 번 이상씩 들으며 기타를 따라치던 건이 눈을 뜬 것은 두 시간이 넘는 시간이 지나버린 다음이었다.

건이 벽에 걸린 시계를 보았다.

'밴드 멤버들이 오려면 한 시간이나 남았네. 멤버들이 일렉 기타, 베이스 기타, 드럼으로 이루어진 삼인 밴드라고 했었지? 다 내 또래라던데 학생들일까?'

건이 다시 두 곡의 음악을 더 들으며 기타를 치는 도중 연습실의 문이 열리며 흑인 남자 세 명이 들어왔다. 건이 인사를 하려 기타를 내려놓고 몸을 일으켜 세우다가 맨 앞에 선 남자를 보고 놀랐다.

"어, 사무엘 씨? 사무엘 채들러 씨 맞죠?"

줄리어드의 스튜디오 클래스에서 베이스 기타를 맡아주었던 사무엘이 하얀 이를 드러내며 손을 내밀었다.

"오랜만이네요, 케이."

건이 사무엘의 손을 힘차게 잡고 흔들며 말했다.

"이 밴드 멤버였어요? 여기서 일하시는 거예요, 학교 다니면서?"

사무엘이 건의 손을 잡은 채 말했다.

"네, 셋 모두 줄리어드 학생이에요. 아르바이트로 연주하고 있고요."

사무엘이 멤버 소개를 해주려는 듯 건의 손을 잡아끌며 뒤를 가리켰다.

"이쪽에 모자를 쓴 친구가 블레이크라고, 일렉 기타를 맡고 있어요. 줄리어드에서는 작곡과에 다니고 있는 친구인데, 원래 기타를 치던 친구죠. 실력은 좋은 편이니 걱정하지 마시고요, 그리고 저기 뚱뚱한 친구가 카슨이에요. 드러머이고, 줄리어드 드럼과에 있어요. 저까지 세 명이 밴드를 하고 있어요."

건이 블레이크와 카슨과 악수를 하며 친근한 목소리로 말했다.

"우리 비슷한 또래인데 편하게 지내는 게 어때? 그냥 케이라고 불러. 나도 블레이크, 카슨이라고 부를게. 사무엘 너도 편하게 말하자."

블레이크와 카슨은 케이가 너무 유명인이라 조금 어려운 듯했지만, 그 나이 또래 남자아이들이 그렇듯 금방 마음을 열고 신나게 떠들었다.

사무엘은 구면이기도 해서 더 빠르게 친해졌다.

건이 세 남자아이와 연습실 바닥에 주저앉아 자신이 선택한 세 곡을 보여주며 말했다.

"실은 우리한테 이제 6일의 시간밖에 없어서, 단 세곡으로 승부를 보려 해. 난 이 세곡이 좋을 것 같은데 너희 생각은 어떤지 말해줄래?"

블레이크가 건의 선곡 리스트를 본 후 안도의 한숨을 쉬고는 밝아진 얼굴로 말했다.

"휴, 진짜 걱정했는데, 다행이다. 유명한 곡이라서 말이야. 사실 줄리어드에 다니고 있는 우린 네가 얼마나 천재인지 누구보다 잘 알잖아. 그래서 걱정했거든, 말도 안 되는 난이도에 들어본 적도 없는 옛날 곡을 들이밀면 어쩌나 했는데, 이 세곡이라면 연습해 본 적이 있으니까, 합을 좀 더 맞춰본다면 충분히 가능할 것 같아."

카슨과 사무엘도 고개를 끄덕이며 표정이 밝아졌다. 건이 모두가 동의해 주자 웃으며 말했다.

"다행이다, 모두 동의해 줘서. 혹시 마음에 안 들면 어쩌나 걱정했거든."

사무엘이 웃음을 지으며 말했다.

"삼보 씨가 무조건 네 말에 따르라고 하셨어. 네가 다른 곡을 골랐다고 해도 어차피 반대는 안 할 생각이었다고. 뒤에서 좀 툴툴거렸을지는 모르지만, 하하. 솔직히 지난번 아스투리아스 때 나 그 곡 하나 가지고 2주간 잠도 못 자고 연습했었어."

건이 사무엘의 입에서 삼보의 이름이 나오자 표정을 굳혔다.

"솔직히 난 그 아저씨가 좀 대하기 힘들어. 돈을 너무 사랑하는 사람으로 보여서 말이야…… 조금 더 음악적인 존중이 있었으면 좋겠는데, 좀 그렇더라."

사무엘이 놀란 얼굴로 물었다.

"뭐? 그게 무슨 소리야? 삼보 씨 말하는 것 맞아?"

건이 팔짱을 끼고 볼을 부풀리며 말했다.

"그래, 그 돈 귀신같이 돈 못 벌어 안달 난 아저씨 말이야."

놀란 표정의 사무엘과 달리 기분 나쁜 표정을 짓고 있던 블레이크와 카슨이 건을 노려 보았다.

건이 분위기가 이상해지자 말을 더듬었다.

"왜…… 왜 그래?"

비교적 말수가 적은 카슨이 자리에서 일어났다.

"난 케이 너와 함께할 수 없을 것 같다."

건이 당황한 표정으로 카슨을 올려다보자 블레이크 역시 자리를 털고 일어났다.

"나 역시 그럴 것 같다. 미안해, 다음에 보자."

건이 두 사람을 번갈아 보며 말을 잇지 못하자 사무엘이 일어나 둘의 팔을 잡으며 말했다.

"아, 왜 이래? 잠깐만 앉아봐. 케이가 무슨 오해를 한 것 같은데. 대화로 풀자, 대화로."

두 사람은 기분이 상한 듯 딴 곳을 보며 서 있었다. 사무엘이 고개를 돌려 앉아 있는 건을 보았다.

"케이. 너 삼보 씨와 무슨 일 있었어? 그분은 그럴 분이 아니야."

건이 당황스러움과 의아함을 담은 눈빛으로 사무엘을 보자 그가 말했다.

"우리 셋은 무척 가난해. 원래는 대학 같은 건 꿈도 못 꾸는 집안에서 태어났다고. 난 아버지가 없고, 엄마는 식당에서 일하며 다섯 남매를 키우신 분이야. 저기 블레이크는 고아고, 카슨의 아버지는 장애가 있으셔. 엄마는 어릴 때 도망갔고. 그런 우리가 줄리어드에서 공부를 할 수 있는 것은 삼보 씨 덕분이야."

건의 눈이 더할 수 없을 만큼 커졌다.

"뭐…… 라고?"

사무엘이 팔짱을 끼고 건을 내려다 보며 말했다.

"말한 그대로야. 우리뿐 아니야. 어릴 때 같은 동네에 살던 애 중에 아버지가 마약 중독자인 애가 있었어. 그 아이는 지금 하버드에 다닌다고. 그 역시 삼보 씨가 어린 시절부터 후원해 줘서 가능한 일이었어. 우리에게 삼보 씨는 영웅이고, 지금도 굳이 필요 없는 밴드를 껴 넣으셔서 우리 생활비를 주시고 계시는 거라고."

건이 입을 떡 벌리고 셋을 번갈아 보자, 카슨이 말했다.

"그는 나와 아버지의 은인이야. 그를 모욕하는 사람과 함께 일하고 싶지는 않아 케이."

블레이크 역시 팔짱을 낀 채 건을 바라보았다.

"삼보 씨가 돈 귀신 같은 아저씨라고? 물론 보이는 것만 보면 그렇게 보일지도 모르겠다. 그런데 말이야 케이. 사람이 다른 사람을 판단할 때는 최소한의 정보는 가지고 난 후에 판단하는 것이 옳다고 생각하지 않아?"

건이 아직 혼란스러운지 말을 잇지 못하자 사무엘이 블레이크와 카슨의 어깨동무를 하며 말했다.

"일단 우리는 바람 좀 쐬고 올게. 조금 있다가 다시 올 테니까 케이 너도 좀 더 생각해 봐."

연습실을 나서는 세 사람의 뒷모습을 멍하니 보고만 있는 건이었다.

건은 그 자세와 표정 그대로 한참을 굳어 있었다. 혼자 연습실에 남은 건은 혼란스러운 표정을 감추지 못했다.

'그 돈 귀신이 후원을 해줬다고? 그것도 세 명 다? 아니 아까 사무엘이 말한 하버드에 갔다는 애까지 넷?'

건이 거만한 표정을 선글라스 속에 숨기고 있던 뚱뚱한 삼보의 얼굴을 떠올렸다.

'그 얼굴로?'

건이 고개를 세차게 저으며 생각했다.

'무슨 상황이지 이게? 사무엘이나 블레이크, 카슨이 거짓말할 이유도 없잖아. 그럼 그게 팩트란 건데, 그럼 설마 그렇게 악착같이 돈을 벌려고 하는 이유가 아이들의 후원을 위해서라는 말이야?'

건이 어제 삼보의 사무실에서 했던 대화를 떠올렸다.

'그…… 그럼 비비킹의 유언이라는 게…… 클럽을 운영해서 어려운 아이들을 후원하라는 거였어?'

건이 자리에 앉은 채 머리를 쥐어뜯었다.

'제길…… 삼보 씨에게 실수한 건가…….'

건이 한참 바닥에 주저앉아 머리를 쥐어뜯고 있자 세 명의 청년들이 연습실로 돌아왔다.

사무엘이 조용히 문을 열고 바닥에 앉은 채 몸을 숙여 바닥에 머리를 박고 있는 건을 보며 실소를 지었다.

"케이. 애들 달래고 왔다. 뭐 하는 거야, 바닥에 대고?"

건이 고개를 번쩍 들고 셋을 바라보다 벌떡 일어나며 말했다.

"저기, 미안해! 내가 삼보 씨를 잘 모르는 상태에서 보이는 것만 보고 판단한 것 같아."

블레이크와 카슨이 건의 진심 어린 사과를 받자 표정을 풀며 의자에 앉았다.

블레이크가 건에게 말했다.

"바닥에 앉지 말고 의자에 앉아서 이야기하자 케이."

건이 의자를 찾아 네 사람이 둘러앉을 수 있도록 의자를 놓은 후 앉으며 말했다.

"좀 더 자세히 말해줄래? 혹시 더 알고 있는 게 있다면 말이야."

사무엘이 다리를 꼬며 말했다.

"일단 비비킹이 돌아가실 때 삼보 씨에게 클럽을 물려주면서 자신이 평생 해왔던 가난한 흑인 아이들의 후원을 유언으로 남겼대. 그런데 비비킹이 없는 클럽의 매출이 조금씩 떨어지면서 그 후원이 어렵게 되자 삼보 씨가 어떻게든 유지를 지키려고 눈에 불을 켜고 돈을 벌려고 하고 있지. 후원금을 벌기 위해서 말이야."

건이 한숨을 쉬며 고개를 떨궜다. 손을 들어 눈을 가린 건이 말했다.

"하아, 그것도 모르고…… 어쩌지? 삼보 씨에게 모진 말을 했는데."

조용하던 카슨이 입을 열었다.

"뱉은 말은 주워 담을 수 없지만, 사과는 할 수 있어. 기회가 되면 꼭 사과드려. 좋은 분이야."

건이 눈을 가린 채 고개를 끄덕이며 침묵하자, 잠시 시간을 준 사무엘이 베이스 기타를 꺼내며 말했다.

"자자, 우리 시간이 별로 없어. 빨리 연습하자. 너희들도 빨리 악기 꺼내서 준비해."

눈을 가린 채 의자에 앉아 있던 건이 손을 내려 턱을 괸 후 잠시 생각에 잠겼다. 블레이크가 일렉 기타를 연결하는 모습을 보고 있던 건이 입을 열었다.

"저기…… 혹시 너희들 점심 먹었어?"

블레이크가 고개를 저으며 말했다.

"아니, 아직. 왜? 밥 먹고 하려고?"

건이 턱을 괸 채 눈을 굴리다 말했다.

"그럼 요 앞에 가서 밥 좀 먹고 올래? 아무래도 곡을 좀 바꿔야 할 것 같아서."

사무엘이 놀란 눈으로 말했다.

"뭐? 지금 이 곡 딱 좋다니까? 왜 변덕이야, 딴 곡하면 연습할 시간 부족해진다고."

건이 턱을 쓰다듬으며 말했다.

"미술을 하는 사람은 그림으로, 음악을 하는 사람은 음악으로…… 마음을 전해야겠지?"

사무엘이 무슨 말이냐는 듯 블레이크와 카슨을 보았지만 두 사람도 어깨를 으쓱했다. 건이 의자에 앉은 채 몸을 숙이고 턱을 괸 자세로 한참 생각해 본 후 말했다.

"밥 먹고 와. 그 안에 해결해 둘게. 미안해 변덕 부려서."

사무엘이 한숨을 지은 후 블레이크와 카슨을 데리고 연습실을 나섰다. 건은 셋이 나가는 모습을 보지도 않고 턱을 괸 채 생각에 잠겨 있었다.

'사과의 뜻이 담긴 노래로 일차원적인 생각을 전하고 싶지는 않아.'

건이 한참 쥐어뜯어 까치집이 된 머리를 다시 한번 매만졌다.

'삼보 씨가 언제나 그리워하고 있는 것은 비비킹이겠지? 비비킹의 노래를 하자. 두 곡은 그의 노래를 하고, 한 곡은 데릭

의 노래를 하면 될 거야.'

생각을 정리한 건이 이어폰을 꽂고 비비킹의 음악을 들어보기 시작했다.

그가 연주하는 블루지하고 끈적한 사운드에 취해 한참을 눈을 감고 음악을 듣던 건이 고개를 까딱이다 눈을 떴을 때 자신의 앞에 밥을 먹으러 나갔던 세 청년이 앉아 있는 것이 보였다.

살짝 놀란 건이 이어폰을 빼고 물었다.

"어? 언제 왔어? 벌써 밥 다 먹었어?"

블레이크가 실소를 지으며 말했다.

"너 두 시간 동안 이러고 있었다."

"응? 두 시간?"

"그래, 그것도 우리가 밥 다 먹고 들어오고 난 후에 두 시간. 뭘 듣고 있길래 그렇게 취해서 듣고 있어?"

건이 황당한 표정으로 벽에 걸린 시계를 보자 오후 다섯 시 반이 막 넘어가고 있었다.

건이 손에 들린 이어폰을 멍하니 보다가 말했다.

"아니…… 한 이십 분쯤 지난줄 알았는데……."

사무엘이 의자에 앉은 것이 오래 지났는지 허리를 풀며 말했다.

"그래서 곡은 정했어? 우리 오후에 또 아르바이트 있어서 이제 가봐야 해. 오늘은 곡만 정하고 헤어지자. 대신 집에 가서 밤을 새워서라도 악보는 다 외워올게."

건이 자신도 모르게 오랜 시간을 같은 자세로 있어 굳어버린 관절을 풀며 웃었다.

"좋은 소식은 데릭 클립튼의 노래 한 곡은 그냥 두고, 두 곡만 바꿨다는 거야."

블레이크와 사무엘의 얼굴이 밝아졌다.

건이 둘의 표정을 보며 웃었다.

"나머지는 비비킹의 노래를 하자. 삼보 씨가 가장 그리워하는 사람의 노래를 할 거야."

사무엘이 약간 걱정스러운 표정으로 물었다.

"어떤 곡을 하려고? 비비킹의 음악은 대충 흉내는 내지만 제대로 못 하면 오히려 욕만 먹을지도 모르는데."

건이 스마트폰의 액정을 보여주며 말했다.

"음, 'The Thrill is Gone'이란 곡과 'Ghetto woman'이란 곡을 해볼래. 데릭 클립튼의 음악은 'Change The World'를 할 생각이고."

블레이크가 'The Thrill is Gone'의 음을 떠올려 본 후 고개를 끄덕였다.

"어려운 곡이긴 하지만 난 블루스 매니아라서 연습해 본 적이 있어. 그런데 케이 네가 괜찮을까? 스킬은 어떨지 모르겠지만 비비킹의 음악은 블루지한 끈적함이 살아 있지 않으면 그저 그런 음악이 되어버릴 텐데."

카슨도 고개를 끄덕이며 말했다.

"내 드럼은 문제없어. 블레이크의 말처럼 케이가 제일 어렵겠지."

세 청년이 모두 건을 보자 건이 이를 드러내며 환하게 웃었다.

"걱정 마. 샤론 교수님한테 허락받고 진행하는 미션이라 학교에 안 가도 되거든. 난 아르바이트도 안 하니까 연습할 시간은 있을 거야. 물론 세 곡만이라는 가정하에."

사무엘이 손뼉을 치며 자리에서 일어났다.

"좋아! 그럼 오늘은 여기서 마무리하고, 각자 내일까지 악보 전부 외워오기다! 못 외운 사람이 밥 쏘기!"

"다 외워오면?"

"그럼 더치페이지 뭘 물어? 가자! 케이 우리 갈게, 연습 잘하고!"

사무엘이 손을 흔들며 두 청년과 함께 연습실을 나서는 것을 보고 있던 건이 하쿠를 들고 이글거리는 눈으로 스마트폰의 화면에 뜬 비비킹의 앨범 자켓을 보았다.

'어떻게든 따라잡아 볼게요, 비비킹.'

삼보는 벌써 5일째 클럽은커녕 머리카락 한 올 보이지 않는 밴드 때문에 초조해졌다. 이틀 전에 간판의 롤링 배너를 바꾸고 홈페지이의 스케줄 표도 변경했는데 혹시라도 문제가 생기면 안 되기 때문이었다.

사무실에 홀로 앉은 삼보가 시가를 물고 연기를 뿜어대며 노트북 화면에 떠 있는 클럽 홈페이지 메인을 보았다.

홈페이지에는 금빛 휘황찬란한 'B.B. King Blues Club'이라는 글씨 위로 화이트 팔콘을 연주하는 건의 모습이 담긴 배너가 떠 있었다.

케이의 유명세를 이용하려는 듯 홈페이지 하단에 뮤지션들의 소개 페이지와는 달리 홈페이지 진입 즉시 큰 화면으로 팝업되는 배너였다.

건의 모습은 화이트 팔콘이 보이는 곳에서 잘려 있었는데, 그 아래에 노란색 글씨로 'Saturday night 08:00'라는 글자가 깜빡이고 있었다.

걱정스러운 표정으로 시가를 피워대던 삼보가 밖을 향해 소리쳤다.

"릴리안! 잠깐 들어와 줘!"

몇 초가 지나자 처음 클럽에서 건을 맞아주었던 여종업원이 문을 열고 고개를 내밀었다.

"네, 보스?"

"릴리안, 혹시 케이 쪽 밴드에 소식 없나?"

릴리안이 살짝 미소를 지으며 말했다.

"글쎄요? 전 들은 바가 없어요."

"사무엘이나 블레이크, 카슨이 전화를 안 받아. 무슨 일 있는 거 아니겠지?"

"열심히 연습하나 보죠, 뭐. 무슨 일 있었으면 연습실 관리인이 보고하지 않았을까요?"

"으음……. 공연이 모레인데 모습이 안 보이니 불안해 미치겠구먼. 알았어, 바쁜데 미안해."

"아니에요, 보스!"

상큼하게 웃어준 릴리안이 윙크를 한 후 밖으로 나가자 삼보가 눈을 돌려 벽에 걸린 비비킹의 사진과 그 옆에 있는 시계를 번갈아 보며 긴장된 표정을 지었다.

다시 한번 시가를 깊숙하게 빨아들인 삼보가 짙고 굵은 연기를 뱉으며 말했다.

"뛰어난 연주를 바라지는 않을 테니 문제만 없게 해줘. 부탁한다, 애들아."

일요일 밤 7시.

6시 30분부터 무대에 선 'A Escape of soul'이 춤을 추며 신나게 노래하면서도 끝도 없이 밀려들어 오고 있는 손님들에 놀라고 있었다.

윌리엄이 자신의 보컬 파트가 아닌 파트 때마다 손님들을 세어보며 놀랐다.

'아니, 무슨 손님이 이렇게 많아? 케이가 우리 밴드에서 연주한다고 했을 때는 이 정도까지는 아니었잖아? 케이가 노래를 한다고 해서 이런 건가? 이건 끝도 없이 밀려오는군, 정말.'

티즈 역시 노래를 하면서도 놀라고 있었다.

'세상에! 앉을 자리는커녕 서 있을 자리도 없네. 2층 난간에 저렇게 많은 사람이 붙어 있으면 무너지지 않을까?'

티즈가 모든 좌석이 꽉 차고, 서서 맥주를 들고 있는 사람들 덕에 화장실을 가는 것도 쉽지 않은 홀을 바라보며 침을 삼켰다.

무대가 보이는 카운터 쪽에서 상황을 체크하고 있던 삼보 역시 연신 손목시계를 들여다보며 식은땀을 흘렸다.

'공연 시간 두 시간 전인데 아직도 연락이 안 돼! 어떻게 된 거야, 이 녀석들!'

삼보가 3분에 한 번씩 손목시계를 보는 중 1층 밖에 대기하고 있던 보안요원 중 한 명이 뛰어 내려와 삼보에게 귓속말을 했다.

"보스, 밖에 십 대 소녀들이 너무 몰려 있습니다. 못해도 천

명은 될 것 같은데 어쩔까요? 케이가 온다고 해도 밖을 뚫기는 어려울 것 같은데요."

"뭐? 이런…… 올라가 보지."

뒤뚱뒤뚱한 걸음으로 1층으로 올라가 밖을 보는 삼보의 눈에 엄청난 수의 십 대 소녀들이 바닥이나 벽에 쪼그리고 앉아 주위를 두리번거리고 있는 것이 보였다.

안 주머니에서 손수건을 꺼내 머리의 식은땀을 닦은 삼보가 안절부절못하고 주위를 왔다 갔다 하며 불안감을 표했다.

우웅!

품에서 전화기가 울리자 수트가 찢어질 듯이 안주머니로 손을 쑤셔 넣어 전화기를 꺼낸 삼보의 눈에 액정 화면에 뜬 이름이 보였다.

'사무엘 챈들러.'

주위 눈치를 본 후 구석으로 가 전화를 받은 삼보가 작은 목소리지만 높은 톤으로 말했다.

"사무엘! 도대체 어떻게 된 거야? 지금까지 왜 연락도 안 받았어?"

-아, 미안해요 삼보 씨. 연습하느라 이틀 밤을 새웠거든요. 지금 갈게요.

"이리 오면 안 돼! 지금 정문으로 오면 못 들어와! 옆 건물 지하 식당 알지? 거기로 와. 그 식당이랑 우리 주방이랑 쪽문으로 연결되어 있으니까, 알았지! 내가 그리로 갈게."

-예? 아…… 뭐, 알겠어요. 거기서 봐요.

전화를 끊은 삼보가 주위에서 훔쳐 들은 사람이 없는지 두리번거리다 안도의 한숨을 쉬었다.

삼보는 뚱뚱한 몸으로 뒤뚱거리며 클럽의 주방 문을 벌컥 열어젖혔다. 밀려드는 주문으로 미친 사람처럼 요리하던 요리사들이 동작을 멈추고 헐떡이는 삼보를 보았다.

셰프로 보이는 덩치 큰 흑인 남자가 신나게 휘돌리던 프라이팬을 내려놓고 다가와 손에 묻은 물기를 털며 물었다.

"보스? 주방에 볼일 있으십니까?"

삼보가 식은땀을 흘리며 셰프에게 손을 휘저었다.

"아냐, 아무 일도! 비, 비켜 보게!"

셰프가 좁은 주방의 길옆으로 비켜서자 철제 선반 사이로 난 좁은 길을 옆으로 비집고 들어간 삼보가 배와 등으로 선반을 때리며 급하게 지나갔다.

삼보 때문에 선반 위에 올려져 있던 그릇들이 쏟아질 뻔한 것을 겨우 멈춰 세운 셰프가 급히 뛰어가는 삼보의 뒷모습을 보며 고개를 절레절레 흔들었다.

주방에서 옆 건물로 갈 수 있는 쪽문 앞에 선 삼보가 안절부절못하며 가만있지 못하고 왔다 갔다 하며 밴드를 기다렸다.

곧 문에 노크 소리가 나자 반색을 한 삼보가 쪽문의 잠금장치를 풀고 문을 열어젖혔다.

"사무엘! 일찍 좀 오지!"

문을 열자마자 사무엘의 이름을 부르짖은 삼보의 눈에 문 앞에서 멀뚱히 자신을 보고 있는 케이가 들어왔다.

삼보가 손수건으로 식은땀을 닦으며 말했다.

"케, 케이. 왔군요."

건이 약간 어색한 표정으로 말했다.

"아…… 예, 삼보 씨. 늦지는 않았지요?"

삼보가 손목시계를 본 후 빨리 안으로 들어가라는 듯 손을 휘저으며 말했다.

"아직은 안 늦었지만 빨리 가서 미리 악기 체크해야지요. 어서 들어오세요! 사무엘, 블레이크, 카슨! 너희들도 빨리 들어와."

건과 밴드 아이들이 부산한 주방을 악기를 맨 채 뛰어나가자 그를 본 셰프가 국자를 휘두르며 말했다.

"아니! 주방에 누가 자꾸 들락거려! 정신 사납게!"

셰프의 앞을 마지막으로 스쳐 지나가던 삼보가 작게 떨리는 목소리로 말했다.

"미, 미안하네! 일들 해!"

삼보는 가장 늦게 홀에 도착해, 밴드가 눈에 보이지 않자 서빙을 하고 있던 릴리안을 불러 세웠다.

"릴리안, 케이는?"

릴리안이 손가락으로 밴드 대기실을 가리키며 말했다.

"방금 저리로 들어갔어요."

삼보가 안도의 한숨을 몰아쉬며 식은땀을 닦았다. 무대 위에는 여전히 티즈와 윌리엄이 이끄는 'A Escape of soul'의 무대가 계속되고 있었고, 사람들은 신나는 블루스의 리듬에 맞춰 몸을 흔들고 있었지만, 자꾸 주위를 두리번거리며 빨리 기다리던 다음 무대가 시작되기를 바라는 눈치였다.

삼보가 허리춤에 손을 얹고 무대를 바라보다 사무실로 들어가 무거운 몸을 소파에 털썩 주저앉혔다.

"휴우! 살 빠지겠군."

삼보가 소파 위에 있던 시가를 꺼내 물고 불을 붙인 후 길게 연기를 빨아들였다.

"후우, 문제가 없어야 할 텐데 말이야. 그런데 무슨 곡을 하는지도 못 물어봤잖아? 설마 케이가 있는데 블루스가 아닌 음악을 하지는 않겠지? 상식이 있으면 블루스 클럽에서 다른 음악을 하지는 않겠지."

삼보의 사무실 안에서 자욱한 시가의 연기와 걱정 섞인 한숨이 끊임없이 새어 나왔다.

삼보는 잠시 사무실에서 땀을 식힌 후 곧 밖으로 나와 1층 밖에 있는 보안 요원들에게 기다리고 있는 소녀들에게 케이가 이미 들어갔음을 알리고 해산시키라는 지시를 내리고, 홀로 돌아와 손님들의 불편 사항을 체크하며 계속 직원들에게 지시를 내리느라 바빴다.

근래 보기 드문 호황이었기에 힘든지도 모르고 일을 하던 삼보가 결국 수트를 벗고 서빙을 돕기 시작했다.

오랜만에 지배인에서 벗어나 서빙을 해보니 옛 기억이 솟아나 추억에 젖게 하였다.

힘든 줄도 모르고 얼굴 가득 행복한 미소를 지으며 서빙을 하는 삼보를 보던 릴리안도 오랜만에 보는 그의 밝은 미소에 기뻐했다.

잠시 후 드디어 'A Escape of soul'의 무대가 끝나고 관객들의 환호를 받으며 밴드가 내려가자, 사람들의 웅성거림이 커졌다.

삼보가 카운터에 지시를 내려 언제나 그랬듯 브레이크 타임 동안 비비킹의 음악을 틀도록 지시했다.

금방 웅성거림으로 가득한 홀에 그의 블루지한 음악 소리가 울려 퍼지고 다시 홀은 활기를 되찾았다. 약 10여 분의 시간이 흐르고 즐겁게 대화를 나누던 사람들이 고개를 이리저리 돌리며 주위를 돌아보기 시작했다.

공연 시간이 임박했기 때문이었다.

곧 밴드 멤버들이 하나씩 올라와 악기를 점검하기 시작하자, 관객들이 더욱 두리번거리며 웅성거렸다.

"자기야, 케이는 언제 나와?"
"나도 모르지, 케이 보러 온 건데 왜 안 보이지?"
"빨리 시작합시다!"
삼보가 관객들의 반응을 보며 아직 대기실에서 나오지 않고 있는 케이 때문에 애꿎은 릴리안을 닦달했다.
"릴리안! 케이는? 케이는 어디 가고 쟤네들만 나와?"
"글쎄요, 아직 공연 시간 몇 분 남았는데 왜 그리 보채세요. 보스답지 않게?"
괜한 릴리안에게 조급함을 드러낸 삼보가 그녀의 핀잔에 고개를 흔들며 밀려드는 주문을 받느라 여념이 없을 때 드럼에 앉은 카슨이 드럼 스틱을 교차하며 박자를 세더니 바로 사무엘의 베이스 기타와 함께 연주를 시작하였다.
관객들이 연주가 시작되었음에도 보이지 않는 건을 찾기 위해 웅성거리며 주위를 돌아보던 순간 홀 구석에서 비명이 터져 나왔다.
"꺅! 케이야!"
"아아악! 케이!"
사람들의 고개가 비명이 터져 나오는 곳으로 부러질 듯 돌려졌다. 삼보 역시 손님에게 가져다주던 맥주 두 잔을 손에 든 채 멈추어 서서 비명이 들리는 곳을 보았다.
관객석 사이에서 화이트 팔콘에 무선 잭을 연결한 건이 걸어 나왔다. 드럼과 베이스의 연주가 계속되고 건이 웃는 얼굴로 관객석을 훑어보았다.

사람들이 그런 건을 보며 환호하자 살짝 웃으며 한 손을 들어 보인 건이 갑자기 손님이 있는 테이블 위로 뛰어 올라갔다.

"꺄아아아아아!"

건이 테이블 위에 올라 테이블 사이를 뛰어 홀 중앙에 있는 테이블로 다가갔다. 자리에 앉아 있던 사람들이 건이 테이블을 뛰어넘기 편하게 해주려고 하는 듯 테이블 위에 음식들을 한쪽으로 비켜 세워주자 건이 웃으며 관객들의 펼친 손을 쳐주며 지나갔다.

건과 가까이 있는 테이블에서 시작된 이 행동은 건이 하이파이브를 해주는 것과 동시에 건의 동선에 있는 모든 테이블에 전염되었다.

모두가 건이 오는 것을 기다리며 자신의 테이블에 있는 음식과 술을 한쪽으로 치웠고, 빈 테이블을 본 건은 테이블에 뛰어오르며 관객들과 하이파이브를 했다.

그때 블레이크의 기타 리프가 시작되었고, 건이 드디어 홀 중앙에 있는 8인용 테이블 위에 섰다.

테이블에 서자마자 하쿠를 잡은 건의 손에서 블루스 특유의 애드립 연주가 시작되었다. B.B King의 곡이었지만, 건의 손에서 터져 나오는 애드립은 마치 그의 오리지널 곡같이 생소했다.

하지만 블루스 특유의 느낌이 무척이나 생동감 있게 살아 있어 관객들은 곧 머리 위로 손을 올려 다같이 박수를 치기 시작했다. 부산하게 오가며 주문을 소화하던 직원들도 잠시 발걸음을 멈추고 테이블 위에 서서 눈을 감고 기타를 치는 건의 모습을 보았다.

살짝 감은 눈, 필에 젖어 약간 찡그린 미간, 검고 윤기 나는 머리의 건이 하얀색 턱시도를 입고 턱시도보다 눈부시게 하얀 화이트 팔콘을 치고 있는 모습에 릴리안이 자기도 모르게 입을 벌렸다.

'진짜 멋있다…….'

삼보가 여전히 양손에 맥주를 든 채 건의 모습을 멍하니 바라보았다.

'무, 무슨…… 아무리 천재라지만 가장 느낌을 내기 어렵다는 블루스를 며칠 만에 이 수준으로 연주한다고? 데릭의 호언장담이 이 때문이었나?'

건의 애드립 연주는 2분가량 이어졌다. 테이블 위에서 기타를 치던 건이 연주를 계속하며 돌아서 무대 쪽으로 뛰어내렸다. 블레이크가 가장 먼저 연주를 멈추고 건을 바라보았다. 건이 블레이크와 눈을 맞추며 웃었다.

기타 연주는 멈추었지만, 드럼과 베이스는 계속 연주를 이어갔다.

건이 드럼 비트 위로 춤을 추는 베이스 선율에 맞춰 고개를 까딱이다 마이크 스탠드를 잡고 말했다.

"안녕하세요, 여러분. 줄리어드의 케이입니다."

관객석에서 환호가 터져 나왔다. 계속 이어지는 드럼과 베이스의 연주 위에 건의 목소리가 올라섰다.

"우리는 줄리어드 학생들로 이루어진 블루스 밴드 'MBK'입니다. 블루스의 왕 '비비킹을 그리워한다'라는 뜻이죠."

또다시 관객석에서 블루스 팬들의 커다란 환호가 터져 나왔다.

"그래! 블루스하면 비비킹이지! 케이가 뭘 좀 아네!"

"MBK, 이름 멋지다! 어디 노래 좀 해봐요!"

건이 한마디씩 던지는 관객들을 보며 이를 드러내고 웃자 여러 명의 여성 관객들이 그 모습에 왼쪽 가슴을 움켜쥐고 테이블에 엎드리는 시늉을 했다.

"첫 곡은 B.B King의 오리지널 곡 위에 우리 밴드의 가사를 입힌 곡입니다. 곡명은 'The age is gone'입니다. 들어주세요."

여성 팬들을 중심으로 큰 환호가 터져 나오자 블레이크의 기타 리프가 드럼과 베이스 연주 위에 부드럽게 올라탔다. 건은 블레이크의 리프 위에 블루스의 짧은 애드립을 올리며 마이크에 입을 댔다.

The age is over.

(이제 시대는 끝났어.)

The age is over, Baby.

(시대는 이미 끝났어.)

호흡을 가득 내뿜으며 굵은 목소리로 목을 긁으며 내는 목소리가 터져 나오자 관객들이 팔에 돋은 소름을 서로에게 보여주며 놀라워했다.

건의 목소리는 마치 로버트 존슨의 그것처럼 느낌이 살아 있었다.

건이 멘트를 할 때 겨우 정신을 차리고, 들고 있던 맥주를 주문한 손님에게 가져다준 삼보가 건의 노래하는 모습을 보며 고개를 갸웃거렸다.

'뭐야? 오리지널 곡인가? 원곡과 너무 다른데?'

건이 눈을 감고 진한 애드립을 올리며 노래했다.

I'm not doing it wrong, but people are pointing at me.

(나는 잘못하고 있지 않아, 하지만 사람들은 날 손가락질하지.)

And I will apologize one day.

(그리고 언젠간 사과하게 되겠지.)

삼보가 건이 가사를 내뱉으며 자신과 눈을 마주치자 몸을 굳혔다. 삼보의 눈에 건의 눈빛 속에 담긴 고집과 자신의 생각이 옳다는 믿음이 보였다.

건이 다시 애드립을 올리며 열정적인 연주를 하며 마이크를 잡았다.

The age is over.

(시대는 끝났어.)

B.B King has already left us.

(이미 비비킹은 우리에게 멀리 떠나버렸어.)

The age is over, Baby.

(시대는 끝났어, Baby.)

I've already gone far from us.

(이미 우리에게서 멀리 떠나버렸어.)

Although I will still live.

(비록, 나는 여전히 살아가겠지만.)

I'm walking on this road so lonely.

(나는 너무 외롭게 이 길을 걷고 있겠지.)

관객들은 블루지한 느낌이 가득한 곡을 듣고 환호를 보내고 있었지만, 삼보는 그렇지 못했다. 마치 건의 입을 빌어 자신이 세상을 향해 내뱉고 싶었던 말을 하고 있는 듯했기 때문이다.

건과 함께 연주하는 밴드의 뒤에 있던 대형 스크린에 비비킹의 생전 사진이 나타났다. 사진 속 비비킹의 환한 웃음 앞에 건의 노래가 울려 퍼졌다.

You know, I′m not free.

(너도 알다시피 나는 자유롭지 않아.)

No, I′m free Baby.

(아니, 나는 자유로워 Baby.)

He wants me to be good.

(그 사람은 내가 잘 되기를 바라고 있으니까.)

He′ll be looking at me with a smile.

(그 사람은 웃으며 날 보고 있을 테니까.)

비비킹의 사진에 못 박힌 듯 고정된 삼보의 눈에서 굵은 눈물이 흘러내렸다. 릴리안의 눈에 카운터 앞에 서서 눈물을 흘리고 있는 삼보의 모습이 들어왔다. 삼보는 비비킹의 환하게 웃는 사진에서 시선을 떼지 못하고 있었다. 릴리안이 그런 삼보의 모습을 보며 가늘게 손을 떨었다.

'보스! 사람들이 아무리 당신을 돈 귀신이라고 불러도, 함께

일하고 있는 우리는 당신이 누구보다 따뜻한 사람이란 걸 잘 알아요. 힘내요, 보스.'

삼보는 강한 남자였다. 아마도 비비킹이 없는 세월을 견뎌가며 악착같이 살아왔기 때문이었을 것이다.

눈물을 흘린 것이 언제였냐는 듯 금세 소매로 얼굴을 닦은 그가 환하게 웃으며 손님들을 접대했다.

건이 노래하며 그런 삼보의 얼굴을 보며 미소 지었다.

'강한 사람. 그리고 선한 사람.'

MBK는 그 날 두 곡의 오리지널 곡과 두 곡의 비비킹 커버곡을 공연한 후 무대를 마쳤다. 우레같은 박수갈채가 쏟아지고 한 번의 앵콜 공연을 가진 MBK는 열 시가 넘은 시간에서야 겨우 무대에서 내려왔다.

새벽 두 시까지 영업을 하는 클럽은 MBK가 내려간 후에도 손님들로 북적거렸다.

삼보가 공연 후 휴식을 취하고 있던 밴드 멤버들이 있는 대기실 문을 열었다.

소파에 앉아 피곤한지 눈을 감고 있는 블레이크와 카슨이 가장 먼저 보였고, 대기실 한쪽에 기대서서 사무엘과 대화를 나누고 있는 건이 자신을 보는 것이 보였다.

삼보가 잠시 머뭇거리다 건에게 다가가 손을 내밀었다.

"케이. 오늘 수고 많았습니다."

건이 손을 내민 삼보를 빤히 보다가 웃으며 그의 손을 잡았다.

"이야기 들었습니다. 미리 말씀해 주셨으면 더 기쁜 마음으로 공연했을 텐데요. 오해해서 죄송했습니다."

삼보가 약간 놀란 눈으로 사무엘을 보자 그가 미미하게 고개를 끄덕이는 것이 보였다.

삼보의 눈빛이 복잡해지며 자신의 손을 꼭 잡은 건을 보았다. 건이 삼보와 눈을 마주하며 미소 지었다.

삼보가 건의 눈빛을 보고 더 많은 설명이 필요하지 않다는 것을 느끼고 말했다.

"이해해 주신다니 감사합니다. 공연해 주셔서 더 감사하고요, 덕분에 오랜만에 클럽이 활기차네요. 하하!"

아직 어색한 감이 없지 않은 삼보의 말투를 들은 건이 이를 드러내며 웃었다.

"이제부터 계속 활기찰 텐데요, 뭐."

삼보가 고개를 갸웃하며 물었다.

"예? 공연은 끝났는데요, 케이 같은 뮤지션이 또 와주지 않는 한……."

건이 삼보를 보며 씨익 웃자 삼보가 눈을 크게 뜨며 말했다.

"설마…… 공연을 계속해 주시려는 겁니까?"

"네, 삼보 씨. 한동안은 계속할 생각이에요."

삼보가 건의 손을 부여잡으며 다급하게 말했다.

"저, 정말입니까? 정말 공연을 계속해 주실 겁니까?"

건이 웃으며 고개를 끄덕이자 삼보가 반색하며 말했다.

"고맙습니다! 고맙습니다! 게런티 계약은 다른 밴드들과 동일하게, 아, 아니! 5% 더 지급하겠습니다!"

삼보의 말을 듣던 건이 작게 고개를 흔들었다.

"블레이크와 카슨, 사무엘은 학비를 벌어야 하니 게런티를 주세요. 제 몫의 게런티는 삼보 씨가 가난한 아이들의 후원금을 내실 때 보태주시면 됩니다."

삼보가 건의 말에 입을 떡 벌렸다.

"그…… 그런……."

사무엘이 웃으며 삼보의 어깨를 만졌다.

"우리 돈도 50%는 보탤게요, 삼보. 학비 때문에 다 못 드리는 게 죄송하지만."

삼보가 멍한 눈빛으로 사무엘을 보다가 소파에 앉아 있는 블레이크와 카슨을 보자 그들도 웃으며 고개를 끄덕이는 것이 보였다. 삼보가 다시 건을 보며 말을 잇지 못했다.

"이…… 이게……."

건이 그런 삼보의 어깨를 툭툭 쳐주며 말했다.

"혼자 하기 힘든 일은 함께하면 되는 거예요. 얼마나 할 수 있을지는 몰라요. 삼보 씨가 아시다시피 저는 한국인이고, 한국 사람은 군대에 가야 하거든요. 그 전까지는 힘이 닿는 데까지 해 볼게요."

삼보의 눈에 눈물이 그렁그렁해졌다. 그를 본 건이 그의 얼굴을 손가락질하며 놀려댔다.

"하하, 삼보 씨! 그런 무서운 얼굴로 울면 웃기다고요."

사무엘과 블레이크, 카슨까지 합류해 삼보를 놀려대자 그가 고개를 흔들어 정신을 차린 후 자신 앞에서 선 네 명을 둘러보았다.

어릴 때부터 자신이 후원해왔던 세 명의 아이가 어느덧 커서 자신을 돕고 있다. 생면부지의 남이었고, 목적이 어쨌든 그를 이용해 돈을 벌려던 자신을 이해해 주는 한 청년이 눈앞에서 웃고 있다.

그들을 보던 삼보가 좀 더 시간이 있다면 또 눈물을 보일 것 같아 급히 말했다.

"고맙다, 애들아. 고맙습니다, 케이."

건은 MBK를 대표해 정식으로 계약서를 작성하였고, 자신의 몫으로 배정된 전액을 삼보에게 위탁하여 기부하도록 하였다.

건은 그 후 1년간 학교를 다니며 매주 주말이면 공연을 하였고, 블루스 클럽은 케이의 유명세에 힘입어 주말뿐 아니라 평일에도 여행객들의 발걸음이 끊이지 않는 곳이 되었다.

물론 주말에는 비비킹 생전의 블루스 골수팬들과 지역 주민들을 우선적으로 입장시켰다. 이렇게 음악이 함께하는 클럽임을 되새기는 삼보의 사업 자세 역시 많은 이들의 칭송을 자아내었다.

건이 클럽을 그만두는 날 삼보와 릴리안을 비롯한 클럽의 모든 직원이 파티를 해주었다. 술을 퍼부으며 서운해하던 삼보가 가장 먼저 곯아떨어지고, 3학년이 되어 바쁘게 하루하루를 보내던 밴드 멤버들이 떠나고 건 역시 동물원의 숙소로 돌아왔다.

♬♪

늦은 밤 혼자 동물원 입구를 지나 숙소로 올라가는 언덕길을 지나는 건의 눈에 이제 정이 들어버린 동물들의 모습이 보였다.

동물들 하나하나를 애정 어린 눈빛으로 보던 건의 눈에 얼마 전 고릴라 사육장으로 이동된 시화가 말똥말똥한 눈으로 철창을 부여잡고 있는 것이 보였다.

건이 다가가자 손을 내밀며 건의 옷자락을 잡은 시화가 입을 오므리고 애교를 부렸다. 이제 한 살이라 다 큰 성인 고릴라와 비슷한 크기였지만 지난 1년간 매일 같이 자신과 놀아주던 건을 잊지 못했는지 볼 때마다 애교를 피워대는 시화였다.

건이 철창 사이로 손가락을 내밀자 시화가 아기 때의 버릇대로 손가락을 빨아댔다. 이제 다 커버렸지만, 건을 보는 눈빛만은 아기 때 그대로인 시화를 보는 건의 눈빛이 약간 서글퍼졌다.

'미안해, 2년 뒤에 보자, 꼭 다시 올게.'

건이 자리에서 일어나려 하자 시화가 무언가 직감한 듯 끽끽 소리를 내며 철창을 붙잡고 흔들어댔다.

건이 차마 뒤를 보지 못하고 돌아선 채 우리를 벗어나자 시화가 더 큰 소리로 울어대며 불안감을 감추지 못했다.

건이 떨어지지 않는 발걸음으로 호랑이 사육장으로 향했다. 여러 마리의 큰 호랑이들이 바닥에 몸을 눕히고 잠을 자고 있었다.

건의 눈에 무리의 우두머리가 되어 가장 높은 바위 위에 누워 잠을 청하고 있는 파이가 들어왔다. 파이는 건을 보지 못했는지 크게 하품한 후 눈을 감고 다리 사이에 머리를 놓았다.

건이 그런 파이에게 눈짓으로 인사를 보냈다.

'파이, 네가 무리의 우두머리가 된 날, 싸워서 얻은 상처에 약을 발라주었던 순간을 난 잊지 못할 거야.'

한참 잠이 든 파이의 모습을 우두커니 지켜보던 건이 혼자 따로 떨어져 조금 좁은 사육장에 있는 리키에게로 갔다.

리키는 아직 잠이 들지 않아 우리 속을 빙글빙글 걸어 다니다 건을 보고는 철창 쪽으로 다가왔다. 맹수의 우리라 철창 사이의 거리가 꽤나 떨어져 있어 만져 볼 수 없었지만, 리키는 철창 사이로 코를 들이밀고는 반갑다는 듯 건의 냄새를 맡았다.

손을 내밀어 보아도 닿지 않는 거리에 있는 리키의 모습을 슬픈 눈으로 바라보던 건이 나직하게 말했다.

"꼭 다시 올게, 리키."

잠시 리키와 눈을 마주치던 건이 주머니 속에서 울리는 진동에 전화기를 꺼냈다.

"여보세요?"

"케이, 샤론이에요."

"네, 교수님. 아직 안 주무셨네요."

"잠이 안 오네요. 이제 내일이면 떠나죠?"

"네, 교수님."

"한국의 군대는 많이 힘든가요? 북한과 대치 중이라 위험한 상황이 많겠죠?"

"하하, 그렇지도 않아요. 한국인이라면 다 가는 곳이고, 거기도 사람 사는 곳이에요. 북한은 도발만 하지 실제 교전이 일어나는 일은 없으니 걱정 마세요."

"휴, 그래도 걱정이네요. 한국은 위험한 곳이라는 고정 관념이 있나 봐요."

"걱정 마세요, 교수님."

"언제 돌아올 예정인가요?"

"2년 뒤에요. 아마 학기 중에 제대할 테니 2년 반쯤 뒤에 복학할 수 있을 것 같고요."

"그래요, 제대하면 복학 전에 꼭 연락하세요."

"네, 교수님. 시간 날 때마다 연락 드릴게요. 전화는 쓸 수 있으니까요."

"그래요, 한국에 도착하면 메시지라도 남겨 주고요."

한참 걱정 어린 말을 해대는 샤론과 대화를 마친 건이 멀리 보이는 동물원의 높은 새장과 그 옆에 텅 빈 야외 무대를 보며 옛 추억에 젖었다.

'줄리어드에 와서 너무 행복했다. 참 많은 사람을 만났고, 많은 일이 있었어. 조금 오랜 시간 동안 헤어져 있겠지만 다들 건강하길.'

아무도 없는 무대로 올라가 턱에 걸터앉은 채 한참 빈 관객석을 보던 건이 숙소로 돌아간 것은 새벽녘이었다.

그리고 2019년 여름. 건은 아무도 모르게 입국하여 조용하게 현역으로 군에 입대했다. 가족들만을 대동하여 훈련소에 온 건은 펑펑 울며 걱정하는 시화를 안아주고, 아무 말 없이 자신을 지켜보며 말을 잇지 못하는 부모님을 뒤로하고 입대했다.

2년 뒤의 가을.

대한민국 강원도 화천 7사단 칠성부대 앞. 다른 군인들과는 다르게 피부가 무척 하얀 청년이 잘 다려진 군복에 작대기 네 개를 달고 더플 백을 든 채 부대 정문을 나섰다.

모자를 푹 눌러써 생김새가 잘 보이지 않았지만, 무엇이 그리 좋은지 활짝 웃고 있는 입가와 날카로운 턱선만으로도 충분히 미남임을 알 수 있는 청년이었다.

화천 버스 터미널로 가는 길에 보이는 화천 재래시장에서 이곳저곳을 기웃거리며 군것질을 하던 청년이 붕어빵을 입에 물고 터미널로 들어섰다.

버스 시간표를 보던 청년이 표를 산 후 대기하고 있던 시외버스에 몸을 실었다. 후덕해 보이는 버스 기사 아저씨가 병장 계급장을 단 더블백을 짊어진 군인이 올라타자 인자하게 웃으며 말했다.

"어이구 제대하나 보네? 좋겠다!"

청년이 모자를 더 꾹 눌러쓰며 웃었다.

"네, 제대에요. 하하!"

"그래, 인생에서 정말 기분 좋은 순간이지. 집에 가서 열심히 놀고, 대신 금방 정신 차려서 공부도 열심히 해요. 어서 타요, 곧 출발이니까."

"네, 감사합니다, 아저씨."

청년이 약 다섯 명만이 타고 있어 텅텅 빈 버스의 창가 자리에 자리를 잡은 후 창밖으로 보이는 화천 시내의 모습을 눈에 담았다.

버스가 출발하자 살짝 주위 눈치를 본 청년이 푹 눌러쓴 모자를 벗었다. 살짝 탔지만, 남자치고는 여전히 너무 하얗고 예쁜 청년의 얼굴이 드러났다. 굵은 눈썹과 높은 콧날, 피를 머금은 듯 붉은 입술의 청년이 버스의 창밖을 보며 밝게 웃었다.

'다시 시작해 보자!'

2021년 가을. 세상을 뒤흔들 영혼의 음악가 김 건. 국방의 의무를 마치다.

◈ 3장 ◈
히말라야의 노래(1)

건이 제대를 하고 집으로 돌아온 지 일주일이 지났다. 처음 몇 일간 돌아온 건이 반가운 나머지 집에서 나가지도 않고 건의 곁을 졸졸 따라다니던 시화도 며칠이 지나자 친구를 만나러 외출을 했다.

집에서 빈둥거리며 TV를 보던 건이 부모님마저 외출하시자 심심함에 지쳐 영석에게 전화를 걸었다.

-여보세요?

"영석이 형! 저 건이에요."

-어? 건이? 전화번호 바뀌었니?

"네, 군대 제대하고 새로 가입하려고 했더니 제 번호를 누가 쓰고 있더라고요."

-아, 그랬구나. 집에는 잘 다녀왔어? 말년 휴가 전에 통화하고 처음이지?

"네, 형. 나오면 술 한잔하자고 하셨잖아요. 그래서 전화했죠. 하하!"

-이야! 고등학생 때 만났던 네가 벌써 나랑 소주 마실 나이가 됐구나. 기분이 좀 이상한데?

"하하, 그래요? 저도 형이랑 술 마신다고 생각하니까 기분이 좀 이상하네요."

-그래, 그럼…… 지금 네 시니까 여섯 시까지 여의도로 올래?

"어? 상암동 아니었어요?"

-형 이직했어. MVN이라고 신생 방송국이야. 이제 PD 아니고 CP(책임 프로듀서)다.

"오! CP가 뭔지는 잘 모르지만 어쨌든 승진하셨구나, 축하드려요, 형."

-그래, 폰으로 찾으면 위치 나오니까 시간 맞춰 와. 형이 회사줄 테니. 미국에서 회 같은 거 먹기 힘들었을 거 아냐, 군대에서 회를 먹었을 리도 없고.

"하하, 그건 그렇죠. 그럼 그때 봐요!"

건이 전화를 끊고 샤워를 했다. 며칠 잘 씻지도 않고 집에서 빈둥거려서 머리에서 냄새가 나는 듯했기 때문이다.

샤워를 마친 건이 집에 아무도 없는 것을 다시 한번 확인한 후 팬티도 입지 않은 채 방으로 왔다.

벌거벗은 채 쪼그리고 앉아 장롱을 뒤지던 건이 말했다.

"아, 예전에 연주 누나가 준 명품 팬티가 어디 있었는데…… 아, 여기 있다!"

건이 밴드가 넓은 실크 팬티를 장롱에서 꺼내 입은 후 이제 낡아서 여기저기 찢어지고 훼손되었지만, 항상 장롱에 붙여 놓은 연주의 코디법대로 옷을 걸쳤다.

입대 후 꾸준히 운동을 해서 그런지 마른 감이 없지 않았던 입대 전보다 옷이 더 잘 어울리는 듯했다.

대충 머리를 말린 건이 검은색 마스크를 쓰고 난 후 시계를 보고는 후다닥 밖으로 뛰어나갔다.

"잘못하면 늦겠다!"

건이 아파트 엘리베이터를 타고 내려와 1층으로 나선 후 두 팔을 활짝 벌린 채 웃음 지었다.

"나의 귀여운 애마!"

1층 계단 아래에는 판타지오 회장에게서 받은 할리 데이비슨이 주차되어 있었다. 스마트 키를 누르자 오토바이 뒤 가방이 자동으로 열리며 헬멧이 튀어나왔다.

독일군 군용 헬멧과 비슷한 디자인의 검은 헬멧을 만져보던 건이 생각했다.

'미안, 오늘은 술 마실 거라서 널 두고 가야겠다.'

건이 아파트 정문을 나와 택시를 잡아탔다.

"안녕하세요! 여의도 MVN이요!"

택시기사가 천천히 택시를 출발시키며 룸미러로 마스크를 쓴 건을 보았다.

턱까지 가려지는 대형 마스크를 썼지만 드러난 눈매만으로도 엄청난 미남이라고 생각한 택시 기사가 말했다.

"어이쿠, 여의도까지 가주시면 나야 장거리 뛰고 좋죠. 올 때 빈 차로 와야 하긴 하지만 요샌 실시간 콜택시도 되어서 운이 좋으면 돌아올 때도 손님을 태울 수 있거든요. 그나저나 엄청 잘 생겼네! 방송국에 가는 걸 보니 연예인인가?"

건이 곰곰이 생각해 보았다.

'내가 연예인인가? 아직 아닌가?'

건이 잠시 생각해 본 후 말했다.

"아직 아닌 것 같아요, 하하!"

"아직? 그럼 연예인 지망생인가 보네, 우리 딸도 매일 걸그룹 하겠다고 졸라대던데. 청년도 가수 지망생인가?"

"네, 그렇다고 봐야죠."

"그래, 그거 엄청 힘들다고 하던데, 용기 잃지 말고 열심히 해요."

"네, 감사해요, 아저씨."

택시 기사와 두런두런 인생사는 이야기를 하며 시간을 보내다 보니 어느덧 택시는 올림픽 대로를 지나 여의도로 진입했다.

건이 대형 간판에 MVN이라고 기재된 건물을 본 후 요금을 지불하고 택시에서 내리자 방송사 정문 앞에서 담배를 피우며 기다리던 영석이 불을 끄고 다가와 건의 어깨를 잡으며 말했다.

“건아! 이야, 오랜만이다! 이게 얼마 만이야, 그래? 전화는 자주했어도 얼굴 보는 건 진짜 간만이네.”

반가운 표정에 건이 웃으며 영석에게 가볍게 포옹을 한 후 말했다.

“그러게요, 형. 미안해요. 제가 입대하기 전에 뵙고 갔어야 했는데.”

영석이 건의 머리를 살짝 쥐어박으며 말했다.

“그러게 이놈아, 서운했다.”

건이 장난스러운 미소를 짓자 영석이 너털웃음을 터트리며 말했다.

“가자, 원래 난 포장마차나 가서 오뎅 국물에 소주나 먹는데, 거기 가면 네가 불편할 것 같기도 하고, 오늘은 법인 카드를 들고나와서 좀 좋은데 가도 되거든. 흐흐!”

“법인 카드요? 그런 거 개인적으로 아무 데나 막 쓰고 그래도 돼요?”

"안 되지, 인마. 그래도 너 만나러 나가서 썼다는데 뭐라 할 사람 없을 걸? 가자, 요 앞에 일식집 괜찮은 데 있어. 거기 선어회가 또 죽이거든."

일십집까지 잠시 걷는 동안 마스크를 쓴 건을 보는 행인보다 스타 PD인 영석을 힐끗거리는 사람이 더 많았다.

건이 그런 사람들을 보고 눈웃음을 지으며 말했다.

"와, 형 진짜 유명한가 보다. 사람들이 다 쳐다보네요."

영석이 너스레를 떠는 건의 옆구리를 팔꿈치로 툭 치며 말을 받았다.

"인마, 너 마스크 벗으면 여기 난리나."

"에이, 2년이나 지났는데요. 못 알아보는 사람이 더 많을 거예요."

"웃기고 있네. 야, 네 얼굴은 일단 쳐다보게 되어 있어. 좀 잘생겼어야지? 그 후에, '어? 많이 본 듯한데?', '혹시 김 건 아냐?' 이렇게 되게 되어 있다고."

"하하, 한국에서 활동한 건 너무 짧았잖아요."

"너 외국에서 한 일들, 웬만한 건 다 기사 떠서 국민들 다 알아. 국뽕을 미친 듯이 좋아하는 나라가 대한민국 아니냐, 그냥 외국 가서 한국인이 좀 잘나간다 싶으면 이놈도 저놈도 한국이 낳은 뭐시기 하고 추켜세우기 바쁘거든. 지들이 뭘 해준 게 있다고 말이야."

"하하, 형 못 보던 사이에 불만이 느셨네요."

"불만이 아니라 팩트다! 팩트."

즐겁게 장난을 치며 이야기하던 두 사람이 고급스러워 보이는 일식집으로 들어갔다. 문 앞에 있던 현대식 기모노를 입은 여사장이 웃으며 다가왔다.

"어머, CP님 오셨구나! 오랜만이에요, 아, 최 PD님이 예약하신 게 그럼 CP님 자리였어요?"

영석이 주머니에 손을 넣은 채 밝게 웃었다.

"아, 예! 사장님, 잘 계셨죠? 그거 제 예약 맞아요, 손님이 좀 와서."

여사장이 건을 보며 약간 놀란 눈으로 말했다.

"어머, 이분은 뭐 하시는 분이길래 이렇게 키가 크세요? 모델이신가?"

건이 말없이 마스크를 쓴 눈으로 눈웃음만 지어 보이자, 여사장의 얼굴이 붉어졌다.

'뭐, 뭐야! 얼굴도 잘 안 보이고 어려 보이는데 나 왜 이렇게 두근거려?'

한 손으로 가슴 어림을 부여잡은 여사장을 보며 짓궂은 웃음을 지어 보이던 영석이 말했다.

"우리 배고파요, 어느 방이에요?"

여사장이 영석의 말에 화들짝 놀라며 안쪽을 가리켰다.

"저기 안쪽 두 번째 매화실이에요. 코스 C 예약하였죠? 금방 가져다 드릴게요."

영석이 앞서가 신발을 벗고 매화실이라고 써진 방의 미닫이문을 열자 고급스러운 일본식 인테리어에 바닥이 파여 있는 단독 룸이 있었다.

건이 방안을 두리번거리며 감탄했다.

"와아, 여기 진짜 좋네요. 이런 곳 비싸지 않아요?"

영석이 테이블 아래 파인 홈에 다리를 넣고 등받이가 있는 편안한 좌식의자에 기대앉으며 말했다.

"뭘 이런 거로 놀래? 너 돈 많잖아, 중국에서 받은 돈이 얼만데."

건이 쓴웃음을 지으며 말했다.

"그거 이제 없어요. 아버지가 한국에서는 부동산을 해야 부자 된다고, 제 이름으로 아파트 사시는 데 쓰셨거든요. 뭐 물론 제 재산이긴 하지만 꺼내 쓸 수는 없는 돈이죠. 나머지는 학비랑 유학 생활비로 써서 지금은 얼마 안 남았어요. 알바라도 해야 할까 봐요."

"음……. 부동산이 돈이 되는 것은 맞지만…… 가급적이면 부동산이나 증권은 하지 마라."

건이 눈을 동그랗게 뜨고 물었다.

"왜요? 우리나라에서 그 둘 안 하면 돈 못 벌잖아요?"

"부동산이나 주식이나 투자라고 말은 하지만 사실 그거 다 도박이야."

"예? 그게 왜 도박이에요?"

"합법화된 도박이지. 포커를 예로 들어볼게. 처음 세 장의 카드를 받고 한 장을 내려놓은 후 패를 받지? 그리고 레이스가 시작돼. 레이스에 따라붙는 이유는 뭘까?"

"음……. 처음 받은 세 장의 카드가 싹수가 보여서?"

"그래, 그거야. 세 장에 이미 원 페어가 있거나, 무늬가 같거나, 숫자가 연속된다거나 뭐 이런 걸어 볼 만한 가치를 보고 덤벼드는 거지? 투자도 마찬가지야. 상대가 보여주는 카드가 매력적이면 투자하는 거거든. 명의 변경만 되는 게 뭐가 투자야?"

"음……. 그렇게 생각할 수도 있네요."

"넌 투자하려면 음악에나 더 투자해. 그쪽이 돈 버는 빠른 길일 테니까."

코스 요리를 든 종업원들이 우르르 들어와 음식을 세팅해 주자 젓가락을 들고 음식을 입에 넣은 영석이 종업원들이 나가는 것을 기다렸다가 말을 이었다.

"그래, 복학은 언제 하려고?"

건이 회 한 점을 초장에 찍어 입에 넣은 후 우물거리며 말했다.

"크으, 오랜만에 먹으니까 진짜 맛있다! 아직 모르겠어요. 복학 시기도 아니라서 몇 개월은 공치게 생겼거든요."

"그래, 그럼 뭐하려고?"

"음…… 원래 쉴 때는 여행도 가고 그랬는데, 지금은 돈이 없어서……."

영석이 회를 입에 넣고 있는 건을 빤히 보다가 젓가락을 놓았다. 건은 영석이 갑자기 자신을 빤히 보자 무슨 중요한 이야기인가 싶어 함께 젓가락을 놓았다.

영석이 잠시 침묵을 지키다 말했다.

"너…… 나랑 프로그램할래?"

건이 의아한 눈으로 물었다.

"아까 오다가 CP가 뭔지 봤더니, 직접 프로그램 안 하고 관리만 하는 거라던데. 형이 직접 하는 거 아니면 별로 하고 싶지 않은데요?"

영석이 조금 진지해진 눈빛으로 말했다.

"이번 거는 내가 할 거야."

"예? 책임 프로듀서라면서요?"

"그래, 그런데 신생 방송국에 거액 받고 스카우트 된 거라 초반에 화제 좀 끌어줘야 하거든. 건이 네가 도와주면 좀 더 쉬울 것 같은데."

건이 약간 고민스러운 표정을 짓자 영석이 말을 이었다.

"여행하고 싶다며? 알잖아, 형 여행 전문 PD인 거. 사실은 이미 상세 기획까지 끝낸 프로그램이 하나 있는데 아직 출연자는 확정 안 됐고, 사장님 결제만 나오면 돼."

"음……. 어떤 프로그램인데요?"

"오지를 여행하는 프로그램이야. 원래 기획은 걸그룹 같은 애들 하나 섭외해서 오지 보내서 트래킹하면서 빡세게 여행시키는 예능이었는데, 건이 네가 출연한다면 음악 쪽으로 방향을 틀어봐야지."

"오지에서 무슨 음악이요?"

영석이 몽롱한 표정으로 룸 안에 있는 창밖을 보며 한 손을 들어 올렸다.

"생각해 봐. 오지라고 말한 여행지가 네팔이야. 알지? 히말라야산맥이 있는 곳. 그런 멋진 곳에서 건이 네가 기타를 치면서 노래하는 그림을 생각해 봐라. 완전 멋지지 않냐? 너 여행하고 싶다며? 공짜로 여행도 하고, 그런 넓고 대단한 산의 경치를 보면 네 음악 스케일도 커질걸?"

건이 살짝 구미가 당긴다는 표정으로 자세를 고쳐 앉았다.

"프로그램 이름이 뭔데요?"

영석이 검지를 들며 말했다.

"원래는 오지의 마법사였는데, 네가 온다면 '히말라야의 노래'가 좋겠다."

건은 영석과 한 술자리에서 바로 출연을 결정지었다.

영석은 술에 얼큰하게 취한 채로 방송국에 들어가 바로 부하 직원에게 계약서를 준비시키고 방송국 사장에게 전화를 걸었다.

사장은 건의 복귀 방송이라는 말을 듣자마자 쌍수를 들고 환영의 의사를 내비쳤다. 전화로 구두 결제를 받은 영석이 부하 직원이 금방 만들어준 계약서를 한번 읽어 본 후 회의실로 가 건에게 계약서를 내밀었다.

"자, 사인하면 하는 거다. 잘 읽어보고 해."

건이 영석과 마찬가지로 술기운에 붉어진 얼굴로 웃었다.

"형이 해주신 건데 알아서 잘 해주시겠죠, 뭐."

영석이 건의 머리에 꿀밤을 날리며 말했다.

"야 인마. 너 이제 성인이야. 예전의 고등학생이 아니라고. 이런 계약은 잘 보고 해야 하는 거야. 꼼꼼하게 잘 읽어 봐. 아니다, 그냥 내가 중요한 부분을 먼저 읽어 줄 테니 그 후에 다시 읽어보고, 두 번 읽고, 세 번 읽고 사인해. 알았어?"

건이 뒤통수를 긁으며 고개를 끄덕이자 영석이 사인펜으로 계약서에 밑줄을 그으며 설명했다.

"자, 먼저 계약금이야. 원래 그냥 출연료만 있는데 네팔 같이 오지로 가게 되면 네가 중간에 포기할 수도 있어서 계약금을 거는 것이 일반적이지. 건이 넌 오래 쉬었지만 일단 등급이 높은 편이라 출연료도 높아. 보통 계약금은 4회분 출연료로 책정하고 계약 파기 시 3배를 보상해야 해. 어때 이해되지?"

건이 고개를 끄덕이자 영석이 말을 이었다.

"네 회당 출연료는 800만 원이야. 이 프로그램은 파일럿 프로그램이라 방송 후에 반응이 좋으면 정규 방송으로 편성되거든? 넌 파일럿만 출연하면 돼. 한 10회분 정도 될 것 같고, 회당 방송 시간 배정은 한 시간 반 정도 될 거야. 촬영 기간은 2주일이고. 그럼 3,200만 원이 계약금이 되겠지? 자 이해돼?"

건이 열심히 계약서를 함께 읽으며 고개를 끄덕이자 영석이 사인펜으로 건의 머리를 톡톡 치며 말했다.

"여기서 중요한 건 이 부분이야. '을은 갑이 방송의 재미를 보장하기 위해 만든 규칙을 지키며, 갑은 높은 수준의 재미를 끌어내기 위한 규칙 위반은 수용한다. 하지만 을은 기본적인 규칙을 지킬 의무가 있으며 만약 지키지 않는 경우 계약 위반에 해당한다.' 앞으로 네가 방송을 하면 이런 계약을 하게 될 것인데, 이럴 때는 반드시 '을의 이미지가 훼손되지 않는 수준의 규칙을 제시할 것'이라는 항목을 넣어야 해. 이해돼?"

건이 고개를 갸웃거리며 물었다.

"그건 왜요?"

영석이 답답하다는 듯한 눈빛으로 말했다.

"바보야, 방송 재미있자고 너 팬티까지 벗고 히말라야에서 입수하라고 하면 어쩔래? 계약서는 좋은 결과를 내기 위한 시작점이 아니라 최악의 상황을 위한 방어책이란 말이야, 그러니까 명심해 둬."

"아! 그렇구나. 에이 모를 수도 있지 뭘 그런 눈빛으로 보고 그래요?"

"야 이놈아! 나 같이 법 없이도 사는 사람 아니면 넌 사기 당하기 딱 좋아!"

건이 장난스러운 눈빛으로 말했다.

"형이 법 없이도 살 사람이에요?"

영석이 당연하다는 듯 고개를 크게 끄덕이며 말했다.

"그럼! 난 임마 하루에 담배도 꼬박 두 갑씩 피워서 세금도 잘 내는 선량한 시민이야."

"예? 푸핫 담배 매일 피우면 세금 잘 내는 거예요? 하핫!"

어벙한 얼굴의 건에게 영석이 손을 휘휘 저으며 계약서를 밀었다.

"잔소리 말고 이거 다시 읽어 봐. 적어도 세 번은 읽고 나서 사인해라. 지켜보고 있다."

두 손가락으로 자신의 눈을 가리켰다가 건에게 손을 뻗는 동작을 반복하는 영석을 본 건이 웃으며 계약서를 읽기 시작했다.

한참 동안 계약서를 읽어 본 건이 옆에 둔 펜으로 사인을 하려 하자 영석이 테이블을 치며 가로막았다.

"이 자식아, 두 번만 읽은 거 다 알아. 다시 읽어."

건이 피식 실소를 지으며 다시 처음부터 계약서를 읽어 본 후 자신의 계좌번호와 주민등록번호, 이름과 사인을 기재했다.

그러자 영석이 같은 계약서 한 부를 더 내놓으며 말했다.

"자, 계약서는 원래 사인 두 번 하는 거야. 이거랑 네가 사인한 거랑 같은 계약서인지 확인해."

건이 울상을 지으며 말했다.

"또 읽어요? 똑같은 건데?"

"이놈아, 다르면 어쩔래? 뭐 다르면 계약 효력이 없게 되겠지만 어쨌든 다시 봐."

건이 다시 계약서를 꼼꼼하게 확인하고 사인을 하자, 영석이 계약서 두 개를 붙여둔 후 말했다.

"자 여기 가운데에다가 사인 해. 이것까지 해야 네가 계약서 두 개를 완전히 보고 계약했다는 것이 성립되는 거야. 인마 귀찮다는 표정 짓지 말고 빨리해. 이놈이! 지 잘 되라고 알려줘도 못 받아먹냐. 어서 해."

건이 사인을 하자 영석이 회의실 밖에서 대기하고 있던 부하 직원을 불러 계약서를 넘겼다.

직원은 계약서를 받은 후 두꺼운 서류철을 영석에게 넘기고 회의실을 나갔다. 영석이 서류철을 넘겨 보며 말했다.

"프로그램 설명해 줄게. 대충만 하고 나중에 따로 브리핑할 거니까 그때 다시 방송국으로 오면 된다."

건이 고개를 끄덕이자 영석이 서류철을 한 장씩 넘겨 보여 주며 말했다.

"먼저 우리는 네팔의 수도 카트만두의 트리부반 국제공항(Tribhuvan International Airport)으로 갈 거야. 거기서 바버 마할 빌라(Baber Mahal Vilas)라는 호텔에서 1박을 한 후에 헬기를 타고 이동하게 된다."

"헬기요? 아니, 대체 어디까지 가는데 헬기까지 타고 가야 해요?"

"그건 비밀이야. 넌 헬기 안에서 안대를 쓰게 될 거고, 내린 후에 어딘지 알게 되는 게 컨셉이니까. 거기서 우리가 지정한 목표지까지 시간 내에 도착해야 해. 그래야 미션이 성공하는 거고 소정의 보상을 받을 수 있을 테니까."

"보상이 뭔데요?"

"음 네 오지 생활에 도움이 되는 물품들이겠지."

"음…… 그렇군요. 저 혼자 가요?"

영석이 서류철을 넘기자 예쁜 소녀 두 명의 프로필 사진이 나왔다.

"원래 걸그룹 TOF에 소린, 영미를 섭외하려고 했는데, 건이네가 나오니까 바꿔야지. 괜히 걸그룹이랑 얽히면 소문만 안 좋아져. 혹시 같이 가고 싶은 사람 없어? 아, 가이드 하려면 남자는 말고, 여자로 해. 넌 성격이 유해서 자칫하면 잡아먹힐 테니까."

건이 잠시 고민하자, 영석이 말을 이었다.

"먼저 정해봐. 가수? 연기자?"

건이 고민스러운 표정을 짓다 말했다.

"연기자였으면 좋겠어요. 제가 모르는 분야라서 배우고 싶기도 하고요."

"연기를 배우고 싶다고?"

"아니요, 연기자의 삶에 대해 알고 싶을 뿐이에요."

"음……. 그럼 중견 연기자가 좋겠구나. 나이 좀 있는."

"음, 그럼 좋죠."

"트래킹을 해야 하니 너무 나이 많은 분은 그렇고…… 아, 류채은 씨는 어때? 군대에서 TV 많이 봤지? 드라마 '리플레이스먼트'에 여주인공 말이야."

"아! 봤어요. 30대 시죠, 아마?"

"그래 30대 중반이지. 너랑 이상한 소문 날 정도는 아니지만, 적당히 젊은 나이잖아. 거기다 예쁘고."

"음, 전 좋은 것 같아요."

"그래, 그 배우 연극부터 시작했어. 10년 넘게 소극장 연극만 하다가 작년 초부터 방송에 나온 사람이라 신선하기도 하고, 또 연극 처녀작이 '존 레논을 위하여'라는 연극일 만큼 음악을 좋아하는 사람이라니까, 너랑 케미가 좀 나올 것 같다. 섭외해 볼게."

"그래요, 전 찬성! 이제 끝! 끝!"

술을 마신 후 장시간 이어진 회의에 지친 건이 테이블을 치며 끝을 외치자 영석이 피식 웃으며 말했다.

"좋아, 섭외는 내가 알아서 할게. 오늘은 이만 가 봐라. 연락할게."

"네, 형 오늘 잘 마셨습니다! 나중에 봐요!"

♪♪♩

2주 뒤 트리부반 국제공항.

오지에 촬영을 간다는 건의 말에 호들갑을 떨며 대형 캐리어 두 개에 생존 용품을 꾸역꾸역 싸준 시화 덕에 짐 가방을 두 개나 밀며 나타난 건이 공항 로비에 비치된 소파에 앉았다.

장시간 비행에 약간 지친 표정을 지은 건이 자신을 그림자처럼 따라다니는 카메라 감독에게 말했다.

"감독님도 좀 앉으세요, 힘드실 텐데."

카메라 감독이 웃으며 괜찮다는 듯 손을 흔들고는 촬영을 계속하였다.

인천 공항을 출발하면서부터 비행기 기내에서까지 24시간 촬영을 끊지 않는 '히말라야의 노래' 팀은 영석을 메인 PD로 내 세우고 한 명의 AD와 ENG 카메라 감독 두 명, 드론 카메라 감독 한 명과 조명, 음향 감독 각 한 명씩으로 총원 일곱 명의 최소 인원으로 네팔에 입국했다.

건과 여배우를 합해도 아홉 명이 전부인 소규모 원정대는 출발 전날의 술자리를 통해 이미 많이 친해졌다.

아쉽게도 스케줄 상 류채은은 회식에 함께하지 못했지만.

혼자서 기다리던 건이 입국 심사를 마치고 뒤늦게 다가오는 영석에게 물었다.

"그런데 류채은 씨는 왜 안 오세요?"

영석이 여권을 흔들며 말했다.

"어, 촬영 스케줄 있어서 우리보다 두 시간 늦게 비행기 탔어. 호텔 가서 기다리면 금방 올 거다. 자, 갑시다!"

공항 밖에 미리 랜트해 둔 승합차를 탄 일행이 호텔로 향했다.

건이 카트만두 시내를 구경하다 목적지인 바버 마할 빌라가 보이자 감탄했다.

"와아! 진짜 멋진 건물이네. 주위에 낡아 보이는 건물이랑 너무 비교되는 거 아니에요?"

창밖을 손가락질하는 건의 손을 따라 카메라 감독의 렌즈가 움직였다. 창밖에는 하얀색과 금색으로 이루어진 이슬람 특유의 건축 양식으로 지은 호텔이 보였다.

승합차가 한눈에 보아도 고급 풀 빌라같이 생긴 건물로 진입해 호텔 입구에 정차했다.

영석이 뒷문을 열며 말했다.

"내립시다. AD야, 가서 체크인하고. 건이 방 따로 줘라."

"예, CP님!"

미리 모두 예약 체크를 해둔지라 체크인에는 그리 오랜 시간이 걸리지 않았다. 외국인이라 여권을 모두 모아 보여주기는 했지만 빠르게 체크인 처리를 한 호텔 직원이 방을 안내해 주었다.

스탭들은 자신의 방에 캐리어만 밀어놓은 후 건의 방으로 와 부산하게 거치형 카메라를 설치하기 시작했다.

건이 침대에 앉아 바쁘게 움직이는 스탭들을 보고 있자, 영석이 다가와 말했다.

"지금 공항에 채은 씨 도착했대. 한 30분이면 오실 거니까, 좀 쉬고 있어. 채은 씨 방에 미리 카메라 설치하고 오시자마자 2층 식당에서 식사하는 모습 촬영할 거야."

"예? 여자분 방에도 카메라 설치해요?"

"당연하지, 인마. 요새 그게 트랜드야. 물론 네 방에 비해 카메라 수가 작겠지. 여성에 대한 최소한의 배려는 해야 하니까. 그럼 우리 채은 씨 방이랑 식당 촬영 세팅하러 갈 테니까, 30분 후에 2층으로 내려와."

건의 방에 카메라와 음향 장치를 설치한 스탭들이 모두 떠나자 혼자 방에 남은 건이 침대에 누워 가져온 J-200을 튕겨보며 30분을 보냈다.

침대에 누워 시계를 본 건이 벌떡 일어나 2층으로 가자 고급스러운 레스토랑이 눈에 들어왔다. 친절한 미소에 하얗고 깨끗한 옷을 입은 네팔 여직원이 건에게 환한 미소를 건넸다.

건이 마주 웃어준 후 레스토랑에 들어가자 한산한 레스토랑 한구석에 촬영을 위한 장비가 세팅되어 있는 것이 보였다. 카메라 옆에 팔짱을 끼고 있는 영석을 본 건이 그의 옆으로 가자, 카메라 앞에 다소곳이 앉아 있는 여성이 보였다.

영석은 건이 옆으로 오자 큐시트를 말아 쥔 손을 앞으로 뻗으며 말했다.

"아, 건이 왔네. 저기 가서 앉아. 채은 씨랑 인사하고."

건이 자신과 눈이 마주친 채은에게 고개를 숙이며 공손히 인사했다.

"안녕하세요, 건입니다."

채은이 자리에서 일어나며 환하게 웃었다.

"케이! 팬이에요!"

건이 싱긋 웃으며 자리에 앉으며 말했다.

"케이라고 불리는 것도 참 오랜만이네요. 모쪼록 잘 부탁드립니다."

채은과 건은 곧 친해졌다. 채은은 건에게 누나라고 부르라며 친근하게 다가왔고, 열 살가량의 나이 차이가 나기에 이성임에도 곧 마음을 열고 친해진 두 사람이었다.

두 사람은 곧 카메라 앞인 것도 잊고 수다를 떨기 시작했고, 직원들이 날라주는 네팔 전통 음식들을 보며 군침을 흘렸다.

카메라 뒤에 선 영석 PD가 말했다.

"지금 나오는 음식들은 네팔 전통 음식인 '달밧'과 '자오이엔', '레몬트리 스테이크'입니다. 특히 레몬트리 스테이크는 버팔로로 만든 스테이크라 꼭 먹어봐야 하는 음식이라고 하네요. 시식해 보세요."

채은이 예능 경험이 있는지 영석의 눈치를 보며 물었다.

"그냥 먹어도 돼요? 영석 PD님 원래 먹는 거랑 자는 걸로 게임하고 먹이시잖아요."

영석이 양팔을 위로 올린 채 말했다.

"아! 오늘은 그냥 드립니다. 마음껏 드세요, 마음껏!"

채은이 의심스럽다는 눈으로 영석을 관찰했지만, 예능 경험이 없는 건은 먹으라는 말이 떨어지기 무섭게 네팔 볶음국수인 자오이엔을 먹기 시작했다.

건이 입안에 국수를 잔뜩 넣으며 엄지손가락을 들었다.

"우와 진짜 맛있다. 향료 냄새가 좀 강하긴 해도 맛있어. 누나도 먹어봐."

채은이 걱정 없는 밝은 표정으로 음식을 욱여넣는 건을 걱정스러운 눈빛으로 보며 말했다.

"건아, 나 우리 매니저가 그랬는데, 영석 CP님 완전 악마래. 음식 준다고 막 받아먹지 말래, 무슨 일이 생길지 모른다고 말이야."

계속해서 의심을 거두지 않는 채은에게 건이 볶음국수를 돌돌 말아 내밀며 웃었다.

"걱정한다고 시킬 거 안 시키는 것도 아니고, 배고픈데 일단 먹고 봐. 안 먹는다고 고생 안 시킬 것도 아니잖아?"

채은이 건이 내민 볶음국수의 고소한 향기에 유혹을 참지 못하고 음식을 먹기 시작했다.

탄성을 지르며 맛에 대해 표현하는 두 사람을 본 영석이 음흉한 웃음을 흘렸다.

'많이 먹어둬라, 건아. 이번 여행은 엄청 배고픈 여행이 될 테니까.'

영석이 두 사람이 음식을 먹는 모습이 카메라에 잘 담기는지 확인 후 카메라 뒤에 서서 말했다.

"음식 드시면서 들어요. 내일 오전 9시까지 로비로 내려오시면 됩니다. 거기서 헬기 이륙장으로 이동한 후에 헬기로 목적지까지 이동할 거고요. 개인 짐은 캐리어에 잘 싸서서 헬기에 실으시면 됩니다."

두 사람이 그릇에 얼굴을 파묻을 기세로 음식을 먹으며 손가락으로 동그라미를 그리자 영석이 웃으며 촬영을 계속하라는 듯 손가락을 빙글빙글 돌렸다.

◈ 4장 ◈

히말라야의 노래(2)

다음 날 아침.

모두 늦지 않게 호텔 1층에 모이자 바로 건과 채은의 눈에 이중으로 안대를 씌운 제작진이 두 사람을 부축한 채 차에 태웠다.

채은이 손을 더듬으며 말했다.

"아! 어디 가는데 안대까지 씌워요, 나 무서워."

건은 될 대로 되라는 듯 안대로 눈이 가려진 채 차에 태워졌다. 곧 헬기 프로펠러가 돌아가는 굉음이 들려오고 두 사람은 헬기로 운반당했다.

앞이 보이지 않아 건의 손을 꼭 붙잡고 헬기에 앉은 채은이 말했다.

"어디로 가는 걸까?"

건이 채은의 손을 꼭 잡아주며 말했다.

"불안해 하지 마, 누나. 지금 걱정한다고 고생 덜 하는 것도 아니고."

건이 나머지 손을 들어 채은의 등을 토닥거려주자 채은이 불안감이 좀 가시는지 편안히 등을 기대고 앉았다.

헬기는 한 시간이 넘는 시간 동안 날았다. 어느 순간 전진을 멈추고 상공을 배회하던 헬기가 어느 곳에 착륙하자, 스탭들이 들어와 건과 채은을 부축해 헬기에서 내리게 하였다.

스탭들의 이끌림에 발로 앞을 더듬으며 한 곳에 선 두 사람이 바로 헬기가 떠나가는 소리를 들으며 소리쳤다.

"아! 내 캐리어! 헬기에 있는데! 내려준 거예요?"

소리를 지르며 주위를 두리번거렸지만 안대 덕분에 아무것도 보이지 않은 채은이 답답한 듯 발을 동동 굴렀다.

헬기의 프로펠러 소리가 멀리서 작게 들릴 때쯤 영석 PD의 목소리가 들려왔다.

"자, 이제 안대를 벗어주세요."

건이 주머니에 손을 넣은 채 안대를 쓰고 있다가, 영석의 말에 안대를 벗었다.

강한 햇빛 때문에 잠시 인상을 찌푸린 건이 손으로 눈 앞을 막으며 시력이 돌아오길 기다렸다. 건의 시야가 점점 회복되며

빛에 익숙해지자 손을 내린 건이 주위를 둘러보았다.

"헉! 와아! 진짜 멋지다!"

건의 눈에 히말라야 산맥이 펼쳐진 아름다운 산들이 들어왔다. 저 멀리 하늘과 맞닿은 아름다운 설산이 보였고, 압도적인 산맥의 장엄한 경관에 취한 건이 팔을 펴고 몸을 빙글빙글 돌리며 웃었다.

채은 역시 산의 경관을 보며 놀라다 저 멀리를 보며 활짝 웃는 얼굴로 몸을 돌리고 있는 건을 멍하니 바라보았다.

아직은 조금 짧은 듯한 머리에 하얀 얼굴, 세상 모르게 밝은 미소의 큰 키를 가진 남자가 히말라야 산맥을 배경으로 서 있는 걸 보니 마치 천사 같아 보였다.

영석이 손가락을 돌리며 그런 채은의 표정을 찍으라는 지시를 내렸다.

카메라 감독이 카메라의 삼각대를 번쩍 들고 재빨리 건과 채은이 한 컷에 담길 수 있는 위치로 이동했다.

건은 한참을 웃는 얼굴로 빙글빙글 돌며 산의 경치를 구경하다가 어느 순간 조금 앞에 보이는 절벽으로 다가가 아래를 보았다.

구름이 발밑에 있고, 구름 사이로 저 멀리 끝도 없이 펼쳐진 산맥의 모습이 들어왔다. 고개를 돌려 오른쪽을 보니 산 언덕 위에 아주 작은 마을이 보였다.

건물이 채 열 개도 없는 작은 마을이 햇살에 비쳐 반짝거렸다. 건이 절벽 끝에 서서 불어오는 산의 바람을 몸으로 느끼며 눈을 감았다.

채은이 그런 건의 모습을 뒤에서 지켜보았다. 그녀는 자기도 모르게 두 뺨에 손을 대고 붉어진 얼굴로 멍하게 건의 모습을 보고 있었다.

눈을 감은 건의 입에서 아름다운 미성이 흘러나왔다.

The Almighty of the Mountain, I am happy in the mountains.

(산의 전능자여, 산에서 나는 행복합니다.)

Every tree is talking to me through you.

(모든 나무가 당신을 통해 내게 말을 걸어 오네요.)

Nature is a book made by God.

(자연은 신이 만든 책이에요.)

양팔을 펼치고 멀리 보이는 설산을 보며 노래하는 건의 목소리가 히말라야 산맥의 능선을 타고 저 멀리까지 울려 퍼졌다.

채은이 건의 아름다운 목소리에 놀라 깍지를 낀 손을 입에 대고 몽롱한 눈으로 산의 모습과 어우러진 건의 옆 모습을 보았다.

건이 펼친 팔을 더 높게 들며 더 높은 소리로 노래했다.

I am now on the roof of the world.

(나는 지금 세계의 지붕 위에 있어요.)

Here I look down on everyone, but I′m too small.

(이곳에서 나는 모두를 내려다보죠, 하지만 나는 너무 작아요.)

The Almighty of the Mountain, I am happy in the mountains.

(산의 전능자여, 산에서 나는 행복합니다.)

Every tree is talking to me through you.

(모든 나무가 당신을 통해 내게 말을 걸어 오네요.)

Nature is a book made by God.

(자연은 신이 만든 책이에요.)

건의 입을 통해 울려 퍼지던 아름다운 노래가 끝났지만, 건의 눈은 떠지지 않았다.

입을 벌린 채 멍하게 건을 보고 있던 채은도, 건을 촬영하고 있던 촬영팀도, 그런 촬영팀에게 지시를 내려야 할 영석마저 웅장한 히말라야를 배경으로 선 아름다운 청년의 모습과 그의 노래에 취해 잠시간 사고의 정지를 겪었다.

한참의 시간이 흐르고 건이 눈을 뜨며 절벽 아래로 보이는 경치를 보았다. 시원한 산의 바람이 건의 머리카락을 날리게 하자 건이 웃음을 지으며 채은을 돌아보았다.

채은이 건의 눈빛을 받자 화들짝 놀라며 손으로 붉어진 볼을 식히며 물었다.

“무, 무슨 남자가 그, 그렇게 예쁘고 그래……. 그런데 그건 무슨 노래야? 처음 들어보는 노래인데 너무 좋다.”

건이 어깨를 으쓱하며 말했다.

“방금 만든 노래야. 그냥 흘러나오는 대로 내뱉은 노래야, 하하.”

채은이 놀란 눈빛을 지으며 제작진을 보자, 영석도 크게 놀란 얼굴을 하였다.

채은이 그런 영석과 건을 번갈아 보며 생각했다.

‘괜히 천재가 아니구나!’

채은이 히말라야 산맥을 배경으로 허리춤에 손을 올리고 웃음 짓는 건에게 물었다.

“건이 넌, 어떻게 음악을 시작하게 됐어?”

건이 나지막한 바위 위에 한 발을 올리고 눈을 감은 채 바람을 느끼며 말했다.

“언제인지는 나도 몰라. 어느 날부터 누군가 내게 속삭였어. 그리고 알 수 없는 때에 노래를 시작했고, 그건 내게 많은 인연을 가져다줬어. 드라마 OST 데뷔는 정말 우연한 기회에 하게 된 거고."

"누군가 속삭였다?"

"응! 누군가 내게 매일 밤 속삭였어. 너의 노래로 세상을 행복하게 해주라고."

채은이 말을 잃었다.

영석 역시 팔짱은 낀 채 멍하게 그런 건을 바라만 보았다.

건이 잠시 바람을 느끼다 카메라를 바라보며 말했다.

"형, 이제 우리 뭐해야 해요?"

영석이 갑자기 자신에게 말을 걸어오는 건을 보고 조금 놀란 듯하다 이내 머리를 흔들며 말했다.

"아, 미안. 자, 두 분. 저기 뒤에 보이는 짐 보이죠? 가서 확인하세요."

건이 눈을 돌려 조금 떨어진 곳에 놓인 자신의 기타를 보았다. 달려가 가까이에서 보니 짐은 건이 가져온 J-200, 플래시 두 개, 지도 하나와 돌돌 말려진 편지 한 통이 전부였다.

건이 맨 먼저 기타를 챙겨 매자 채은이 다가와 편지를 펴 읽었다.

"히말라야의 노래에 함께한 여러분, 반갑습니다. 동봉된 지도에는 오늘 도착해야 할 곳이 명시되어 있습니다. 확인하시고 앞으로 여덟 시간 안에 그곳에 도착하세요. 시간 내에 도착하면 여러분에게 생존에 도움이 되는 생존 키트를 지급하겠습니다."

채은의 말을 들은 건이 지도를 펼치자 네팔 지도가 확대되어 있는 큰 지도가 나왔다. 지도의 한 부분에 깃발 그림이 있고 그 아래 데우랄리(Deurali)라고 써진 것을 본 건이 지도를 내리며 채은에게 말했다.

"오늘 목적지는 데우랄리라는 곳이래. 그런데 지도를 봐도 여기가 어딘지를 모르니 얼마나 걸릴지 모르겠네, 누나."

채은이 다가와 함께 지도를 보며 갸웃거렸다. 건이 아까 본 조그만 마을을 가리키며 말했다.

"일단 누나, 저기 가서 물어보자."

채은이 건이 가리키는 마을을 보며 걱정스러운 눈으로 말했다.

"영어가 통할까? 네가 있어서 영어는 걱정 안 되긴 하는데."

"글쎄, 가보면 알겠지. 그런데 영석이 형! 우리 캐리어는 어디 있어요?"

영석이 음흉한 미소를 흘리며 말했다.

"헬기가 실어갔지."

"예? 그럼 우리는요? 거기 옷도 다 들어 있는데."

"알아서 잘 살아남아. 도착 미션을 해결하면 기본적인 것은 해결될 거야. 물론 해결 못 하면 안 주겠지만."

"와, 진짜 악마 PD다! 아크마다!"

영석이 피식 웃으며 어깨를 으쓱하자, 이내 포기한 건이 채은을 돌아보며 말했다.

"에휴, 누나 일단 저 마을까지 가요. 셰르파가 사는 마을 같으니 영어를 할 수 있는 사람은 있을 거예요."

채은과 건이 터덜터덜 걸어 약 20분을 걷자 마을 입구가 나왔다. 마을은 약 20여 명의 셰르파와 그의 가족들이 사는 작은 마을로 집이라고 짐작되는 낡은 건물을 다 합해도 아홉 채뿐인 작은 마을이었다.

건이 마을 입구에 앉아 있는 노인을 보고 그에게 다가갔다. 노인은 노안으로 눈이 잘 보이지 않는지 다가오는 건 쪽을 눈을 찌푸린 채 보고 있었다.

노인은 건이 점점 다가오자 눈이 점점 커지더니 이내 손가락질을 하며 말했다.

"`व? यो एउटा दूत छ ?(데바? 천사인가?)"

건이 다가가자 노인이 힘겹게 자리에서 일어나 두 손을 모으고 정중히 허리를 숙였다.

건이 조금 놀란 표정을 짓다가 황급히 손을 모으며 허리를 숙이며 말했다.

"나마스떼……. 혹시 영어 할 줄 아세요?"

노인이 합장을 한 채 건의 얼굴을 뚫어지게 보는 것을 보니 영어가 안 통하는 듯했다.

건이 난감한 표정으로 뒤통수를 긁자 뒤따라온 채은이 물었다.

"뭐래? 영어 통해?"

건이 고개를 저으며 말했다.

"아니, 그냥 얼굴만 보시는 걸 보니 영어는 안 되나 봐. 다른 분을 찾아보자."

건이 자신을 보고 있는 노인에게 다시 손을 모으며 공손하게 말했다.

"던여밧."

채은이 고개를 갸웃거리며 물었다.

"던여밧이 뭐야? 네팔어야?"

"응. '감사합니다'라는 뜻이야. 딱 두 개만 외워왔지. 안녕하세요, 랑 감사합니다."

건이 채은의 손을 잡고 마을로 들어서자, 각자 일을 하고 있던 사람들이 하나둘씩 구경을 나왔다.

약 열 명가량의 사람이 모여들자 건이 큰소리로 외쳤다.

"Does anyone know how to speak English? (영어 할 줄 아는 사람 없나요?)"

건의 소리를 듣자 삼십 대 후반으로 보이는 남자가 손을 들며 나왔다.

"예, 제가 영어를 할 줄 압니다."

건이 반색하며 말했다.

"오! 정말 다행이에요. 영어가 안 통하면 어쩌나 걱정했는데 말이에요. 성함이 어떻게 되세요?"

"텐징입니다."

"아, 텐징. 안녕하세요. 저는 케이이고, 이쪽은 채은…… 아, 그냥 류예요."

"그렇군요, 반갑습니다."

채은이 초조한 눈으로 지도를 펴며 말했다.

"건아, 여기가 어디인지부터 좀 물어봐."

건이 텐징에게 지도를 보여주며 물었다.

"우리가 있는 곳이 어디예요?"

텐징이 건의 지도 중 한 곳을 가리키자 건의 눈이 커졌다.

"ABC(Annapurna Base Camp)? 안나푸르나라고요?"

텐징이 고개를 끄덕이며 말했다.

"맞습니다. 안나푸르나의 셰르파 마을입니다."

채은이 멍하게 텐징을 보고 있다가 지도를 구겨 카메라 쪽으로 던지며 소리쳤다.

"안나푸르나에 떨어뜨리면 어떡해요! 아무것도 안 주고!"

영석이 날아오는 지도를 피하며 웃었다.

"아, 여긴 아직 본격적으로 산을 오르기 전이라니까 그러네. 그리 험하지 않아요."

건이 어이없다는 듯 말했다.

"형, ABC면 해발 4천 미터가 넘잖아요. 백두산보다 천 미터나 높은 곳에 내려놓고 기타 하나 달랑 주고 내려가라니 너무 한다, 진짜."

영석은 건과 채은의 원망 섞인 눈길에도 아랑곳하지 않고 어깨를 으쓱했다. 건이 체념한 표정으로 고개를 저으며 텐징을 보았다.

"텐징, 여기서 데우렐리라는 마을까지 얼마나 걸려요?"

텐징이 잠시 생각해 본 후 말했다.

"걸어서 가면 숙련자는 다섯 시간, 초보자는 여덟 시간 정도 걸립니다."

채은이 다리에 힘이 풀렸는지 자리에 털썩 주저앉았다.

"먹을 것도 없고, 돈도 하나도 없이? 하아, 우린 죽었다 이제."

건도 고개를 절레절레 흔들자 그들의 반응을 본 텐징이 말했다.

"따라와요. 멀리서 온 것 같은데 차라도 줄게요."

채은이 먹을 것을 준다는 말에 반색하며 얼른 자리에서 일어나 텐징을 따라나섰다.

워낙 작은 마을이라 1분도 걸리지 않아 텐징의 집에 도착한 일행이 거실에 자리를 잡자 그의 아내로 보이는 젊은 여자가 차를 내어 왔다.

딱딱한 소파에 앉아 찻잔을 든 텐징이 말했다.

"무스탕 차에요. 소금과 버터를 넣고 끓인 차입니다. 드세요."

건과 채은이 그가 내어준 따뜻한 차를 마시자 텐징이 아내를 보며 말했다.

"मह, मलाई केही रोटी दिनुहोस् . (여보, 빵도 좀 내와.)"

잠시 후 아내가 하얀색의 납작하고 둥근 형태의 노릇노릇한 빵을 가져왔다. 텐징이 빵을 찢어 함께 내어 온 버터를 바르며 입에 넣었다.

"로띠라고 합니다. 밀가루와 옥수수 가루, 보리 가루를 섞어 만든 네팔 식빵이죠."

채은이 텐징이 하는 것을 그대로 따라 한 후 입에 빵을 넣으며 행복한 미소를 지었다.

"와, 맛있다. 이건 내 입에도 맞네. 근데 이 아저씨 영어 잘한다, 그렇지 건아?"

건이 고개를 끄덕인 후 텐징에게 말했다.

"영어를 잘하시네요, 텐징?"

"네, 직업이 셰르파라 세계 각지의 트래커들을 상대해야 하거든요. 그래서 영어는 좀 합니다."

"와, 그렇구나. 이 마을에 책임자세요?"

"네, 지금은 그렇지요. 몇 년 전까지 마을 어르신이 하시다가 제가 맡은 것은 몇 달 안 됩니다."

"그렇군요, 대접해 주셔서 너무 감사합니다, 텐징."

"아닙니다. 저희 마을의 손님이신 걸요."

건과 채은이 로띠를 뜯어 먹으며 잠시 휴식을 취한 후 일어났다.

"그럼 우리는 시간 내에 데우렐리로 도착해야 해서, 이만 가 볼게요. 오늘 정말 감사했습니다, 텐징."

텐징이 손을 모으며 말했다.

"아닙니다. 부디 브라흐마의 축복이 함께하시길."

건과 채은이 마을을 벗어나자 그들의 뒷모습을 보던 텐징의 곁에 마을 입구에서 보았던 노인이 다가왔다. 노인이 건의 뒷모습에서 눈을 떼지 못하고 말했다.

"크샤트리아, 텐징. 데바의 향기가 난다. 저 남자에게서."

텐징이 신중한 표정을 지으며 미미하게 고개를 끄덕였다.

"느꼈습니다. 브라만, 라훌."

라훌이 주위에 대기하고 있던 남자를 보자 남자가 오토바이 헬멧을 쓰고는 급히 오토바이를 출발시켰다.

그 모습을 본 라훌이 텐징에게 말했다.

"다른 마을의 크샤트리아에게 전파해라. 데바일지도 모르는 남자가 찾아왔다고."

텐징이 고개를 끄덕이며 위성 전화를 들고 어디론가 전화를 하기 시작했다. 저 멀리 사라져가는 건과 채은의 뒷모습에서 눈을 떼지 않은 라훌이 하늘을 보았다.

'브라흐마여, 당신의 신탁을 가진 사자인 것입니까?'

건이 채은과 함께 조금 험한 산길을 내려갔다. 너무 험하지는 않아 큰 무리 없이 내려오기는 했지만, 여자인 채은에게는 조금 힘겨운 산행이었다.

다행히 오르막이 아니라 위에서 내려오는 코스라 크게 힘들지는 않았지만, 허리와 무릎에 끊임없이 부담을 주는 내리막은 두 사람에게 급격한 피로감을 주었다.

약 세 시간가량 산길을 내려오던 건이 피곤해 보이는 채은을 힐끗 보며 말했다.

"누나, 우리 대화라도 하면서 가자. 그냥 내려가니 심심해서 더 힘든 것 같아."

채은이 혀를 빼물며 말했다.

"헥, 헥. 말할 힘도 없어 난. 이거 괜히 한다고 했나 봐."

건이 조금이라도 채은의 신경을 분산시키려는 듯 말을 이었다.

"아까 나한테 어떻게 음악을 시작했는지 물었지? 누나는 언제부터 연기를 하게 됐어?"

채은이 잠시 곰곰이 생각해 본 후 말했다.

"음…… 나 같은 경우는 대학교 2학년 때였어. 연극 무대에 서겠다는 꿈을 꾼 것은."

"왜? 어떤 계기라도 있었어?"

"응, 사실 난 꿈이 없었어. 그냥 남들처럼 공부하고, 남들처럼 대학가고, 남들처럼 회사에 들어가려고 했었거든. 그게 인생의 정해진 길인 줄 알았어. 따라가지 못하면 도태되는 거라고 배웠으니까."

건이 쓰게 입맛을 다시며 고개를 끄덕였다.

"지금 한국의 교육이 그런 걸 좀 강요하고 있기는 하지. 그래서?"

채은이 발걸음을 옮기며 말을 이었다.

"대학교 2학년 때 동기들이랑 처음 대학로에 연극을 보러 갔어. 거기서 본 연극에서 이런 대사가 나왔어."

뜸을 들이는 모습에 건이 궁금하다는 눈빛을 보내자 채은이 웃으며 말했다.

"한 여고생이 공원에서 만난 노숙자와 대화하다가 인생이 너무 힘들다는 말을 해, 그때 그 노숙자가 이런 말을 해줘."

'인생이 힘들어? 네 인생 제대로 살아봤냐? 스무 살까지는 네 인생이 아니야 네 부모의 인생이지. 부모가 주는 밥 먹고, 부모가 주는 옷 입고, 부모가 가라는 학교에 가는 게 어떻게 네 인생이냐, 네 부모의 인생이지. 갓난아기가 걷게 될 때까지 3만 번이나 넘어져야 한단다. 스무 살부터 네 인생이라면 넌 스무 살부터 3만 번을 넘어져야 겨우 걸음마를 떼는 거야. 그렇게 십 년쯤 살면 이제 겨우 네 인생을 사는 거고, 그렇게 또 십 년을 살고 마흔이 되고, 또 십 년을 살아야 쉰이 되는 거야.'

"이렇게."

채은이 제법 긴 대사를 내뱉은 후 숨을 고른 후 다시 말을 이었다.

"그때 느꼈어. 아, 난 아직 내 인생을 살아온 게 아니구나. 아직 많이 넘어지고 엎어져 보자. 그래서 정말 내 힘으로 걸을 수 있게 될 때 그때 가서 인생이 어떤지 되돌아보자고 말이야. 그리고 그 연극을 계기로 나도 남에게 이런 메시지를 줄 수 있는 연기자가 되고 싶다는 생각을 하게 됐어."

건이 크게 고개를 끄덕이며 말했다.

"누나, 멋지다. 역시 나와 같이 음악하는 사람이 아니라 다른 분야에 있는 사람과 여행하는 것이 옳았어."

채은이 멋쩍게 웃으며 말했다.

"멋지긴, 이제 겨우 무명 벗어나서 사람들이 알아봐 주는 정도 수준밖에 안 되는걸, 건이 너처럼 미국에서도 모두 알아봐 주는 스타가 되려면 아직도 멀었지 뭐."

건이 이상하다는 눈빛으로 물었다.

"누나 꿈은 스타가 되는 것이 아니잖아? 누군가에게 메시지를 줄 수 있는 연기자가 되고 싶다며?"

채은이 걸음을 멈췄다. 건의 말에 멍한 표정을 짓고 멀리 산을 바라보는 채은을 본 건이 함께 걸음을 멈추고 조용히 그녀를 바라보았다.

건이 직감적으로 채은이 성장하고 있다는 것을 알고 따라오던 영석을 향해 검지를 입에 가져다 대었다.

채은이 정신을 차린 건 약 이십 여분이 지난 후였다.

그때까지 조용히 그녀를 바라보던 건이 자신을 바라보는 채은과 눈이 마주치자 이를 드러내고 웃었다.

채은이 떨리는 목소리로 말했다.

"여, 여기 오길 잘한 것 같아. 건이 너 같은 애랑 같이 여행할 수 있었던 건 정말 행운이야."

건이 채은의 어깨에 팔을 걸치며 말했다.

"그래? 우리 누나 뭔가 느꼈어?"

채은이 밝게 웃음을 지으며 고개를 끄덕였다.

"어느새 스타가 되는 것에 모든 신경을 쏟고 있었네, 난. 내가 바라는 건 그게 아니었는데. 와아! 진짜 이 프로그램 하길 잘했다! 하핫!"

힘이 솟아나는 듯 조금 발걸음이 빨라진 채은을 보며 건이 미소를 지었다.

네 시간의 트래킹을 더 한 두 사람이 멀리 보이는 데우렐리 마을 입구를 보며 환호했다.

"와아! 마을이다! 누나 저기가 데우렐리인가 봐!"

"응! 야호! 아, 나 발이 다 부르텄나 봐. 빨리 가서 씻고 싶다!"

발걸음을 빨리 하다못해 반쯤 뛰는 두 사람이 마을 입구에 다다르자 입구에 많은 사람이 나와 있는 것이 보였다. 모두 이쪽 방향을 보며 서 있는 것을 본 채은이 고개를 갸웃하며 말했다.

"뭐지? 마을에 무슨 행사라도 있나? 여기서 보이는 사람만 백 명도 넘는 것 같은데?"

건이 앞으로 나서며 말했다.

"가보자. 저 정도 크기의 마을이면 영어 할 줄 아는 사람이 있겠지."

영석이 AD를 보며 작게 물었다.

"야, 사전 조사할 때 마을 축제 같은 거 있었어?"

"아뇨, CP님. 마을에 결혼식이 있다고는 들었는데 그것 말고는 없었는데요."

"그럼 저 사람들은 다 뭐야?"

"저도 모르죠, 왜 저한테 그러세요."

한참 AD를 구박하던 영석의 눈에 아흔 살은 되어 보이는 늙은 노인이 건에게 다가가 합장을 하며 깊숙이 고개를 숙이는 것이 보였다. 노인은 고개를 숙여 들지 않은 채 말했다.

"स्वागत छ, ब्राह्मण को दू. (환영합니다, 브라흐마의 사자시여.)"

일행에게 네팔인들이 몰려들었다. 아니, 정확히는 건에게 사람들이 밀려들었다.

미국에 있을 때도 사람들이 밀려드는 것을 많이 경험한 건이었기에 긴장하지 않고 차분히 대했지만, 사람들의 눈빛에서 팬으로서가 아닌 간절하고 경건한 뜻을 읽은 건이 조금씩 당황하기 시작했다.

사람들은 건에게 가까이 다가왔지만 그의 몸에 손을 대거나 무언가를 요구하지는 않았다.

쵸반디 촐(Choubandi Cholo)이라 불리는 네팔 전통 의상을 입은 한 여성이 건의 가까이로 와 무릎을 꿇자, 아이들과 여성들을 시작으로 사람들이 무릎을 꿇기 시작했다.

사람들에 의해 갇혀 있던 건이 사람들이 한두 걸음씩 물러서며 무릎을 꿇기 시작하자 카메라에 담기기 시작했다.

건은 무척 당황스러운 표정으로 자신을 향해 손을 모으고 있는 사람들을 보며 외쳤다.

"저, 저기! 이거 무슨 상황이에요? 영석이 형, 채은 누나?"

영석이 당황하며 AD에게 말했다.

"이거 무슨 상황이야? 현지어 가능한 사람 어디 갔어?"

AD 가 모자를 고쳐 쓰며 말했다.

"데우렐리에서 합류하기로 했습니다. 연락해 볼게요."

영석과 AD가 대화를 나누는 동안 채은이 사람들에게 밀려나 혼자 덩그러니 서서 사람들 사이에 홀로 서 있는 건을 보고 있었다.

채은의 귀로 무릎을 꿇고 중얼거리는 사람들의 목소리가 들려왔다.

"म देव, ब्राह्मण को अगमवक्ता हेर्नु होस्. (브라흐마의 전언자인 데바를 알현 하나이다.)"

위성전화를 들고 건물 위로 올라간 AD가 통화를 끝내고 건물 위에서 아래 쪽을 가리키며 외쳤다.

"저기 현지 통역관이 옵니다!"

영석이 AD가 가리키는 곳을 보자 상의는 네팔 전통 의상인 다우랄을 입고 하의는 청바지를 입은 남자가 헐레벌떡 뛰어오고 있는 것이 보였다.

AD는 건물에서 재빨리 내려와 그에게 다가가 말했다.

"심바? 심바 맞아요?"

심바가 고개를 끄덕이며 숨을 골랐다.

"헉헉, 맞습니다. 제가 심바입니다."

AD가 다급한 어투로 사람들을 가리키며 말했다.

"지금 사람들이 뭐라고 하는 겁니까? 왜 저 친구한테 절을 하고, 무릎을 꿇죠?"

심바가 조용히 눈을 감고 사람들이 하는 말에 귀를 기울이자, 영석이 다가왔다.

"이 친구야? 이름이 심바라고? 한국어 돼?"

AD가 옆으로 비켜서며 말했다.

"한국에서 대학 생활을 했다고 합니다. 이름은 심바가 맞고요."

영석이 고개를 끄덕인 후 다시 심바에게 물었다.

"뭐라고 합니까?"

심바가 손을 들며 영석에게 조용히 하라는 신호를 보냈다. 영석과 AD 가 잠시 집중하고 있는 심바를 보고 있자 잠시 후 심바가 눈을 뜨며 말했다.

"이들이 저분을 브라흐만의 전언자인 데바라고 칭하고 있습니다."

"데바가 뭔데요? 브라흐마는 또 뭐고요?"

심바가 자신을 향해 질문하는 영석을 보며 빙긋 웃음 지었다.

"걱정 안 하셔도 됩니다. 오해가 있었지만 그 오해는 저분이나 여러분들께 해가 되는 오해는 아니니까요. 브라흐마는 비슈누, 시바와 함께 네팔의 국교인 힌두교의 삼주신입니다. 데바는 그의 휘하에 있는 남신이고요."

영석이 얼빠진 표정으로 연신 절을 하고 있는 사람들을 보며 말했다.

"예? 그럼 저 사람들이 건이를 신으로 생각하고 있다는 말입니까?"

심바가 웃으며 고개를 끄덕였다.

"아마 오해겠지요. 제가 잘 설명하겠습니다."

심바가 나서며 소리쳤다.

"मान्छे, उहाँले देव छा यसलाई कोरिया मा गोली आए जसले मानसिहरूको!

(여러분, 저 사람은 데바가 아닙니다. 한국에서 촬영하러 온 사람들이니 비켜주세요!)"

무릎을 꿇고 기도를 하던 사람들이 심바를 보았다. 하지만 그들은 아직 자리에서 일어날 생각이 없어 보였다. 결국, 심바가 다시 외쳤다.

"उच्च बाट गाउँ जहाँ हुनुहुन्? (마을의 촌장님은 어디 계십니까?)"

사람들이 심바의 말에 한 곳을 보자 60대 후반으로 보이는 할아버지가 한 걸음 앞으로 나와 영어로 말했다.

"내가 데우릴리의 촌장입니다."

심바가 촌장에게 다가가 웃음을 지으며 말했다.

"촌장님이시군요, 반갑습니다. 저는 카트만두에 사는 심바입니다."

"저는 티모입니다. 신을 공경한다는 의미의 이름이지요."

"그렇군요, 티모 촌장님. 이분들은 한국에서 방송 프로그램을 제작하시는 분들입니다. 무언가 오해가 있으신 것 같은데 사람들을 해산해 주시겠습니까?"

티모가 고개를 돌려 건을 보며 말했다.

"그것이 저분의 뜻입니까?"

심바가 함께 고개를 돌려 건을 보며 말했다.

"예, 저분과 함께 오신 일행들의 뜻이기도 합니다."

티모가 고개를 끄덕인 후 모여 있는 사람들을 향해 크게 소리쳤다.

"उहाँले देव भन्छन्। आफ्नो कार्यस्थल फर्िता जानुहोस् . (데바께서 말하셨다, 각자의 일터로 돌아가라.)"

사람들이 티모의 말에 각자의 자리에서 손을 모으고 다시 한번 땅에 이마를 댄 후 하나둘씩 일어나 흩어졌다.

그들은 흩어지면서도 한 번이라도 더 건의 얼굴을 보려는 듯 몇 번이나 뒤돌아보았다.

건은 주위를 둘러싸고 있던 사람들이 사라지자 가장 먼저 채은을 찾았다.

"누나, 괜찮아? 놀랐지?"

채은이 고개를 저으며 말했다.

"난 괜찮아, 사람들이 관심을 보인 건 너였는데 뭐. 그런데 넌 어때?"

"응, 난 괜찮아, 사실 사람들에게 둘러싸이는 게 처음도 아니고 말이야."

ENG 카메라 감독이 다가오며 촬영을 진행하는 것을 본 건이 카메라를 보며 말했다.

"하하, 조금 놀랐지만 전 괜찮아요!"

건이 눈을 돌려 영석을 보자 심바와 티모를 대동한 영석이 다가왔다.

영석은 티모와 심바를 건 쪽으로 안내하며 말했다.

"촬영을 계속해야 하니 티모 촌장님과 건을 대화하게 해주세요. 티모 촌장님이 영어가 되시니까 소통에 지장이 없을 겁니다."

심바가 티모 촌장에게 손짓하며 말했다.

"저기 저분이 영어를 할 수 있으니 자연스럽게 대화를 해주시겠습니까, 촌장님?"

티모가 건을 보더니 앞으로 다가가 정중히 손을 모으고 인사했다.

"나마스떼, 브라흐마의 축복이 함께하시길. 데우렐리의 촌장 티모입니다."

건이 손을 모으고 허리를 숙이자 눈치를 보던 채은도 함께 고개를 숙였다.

건이 깊숙하게 숙였던 허리를 펴며 말했다.

"촌장님이시구나, 안녕하세요 케이라고 합니다."

티모는 시종일관 경건한 자세로 건을 대했다.

"네, 데바. 케이라는 이름을 가지셨군요."

건이 고개를 갸웃하며 물었다.

"데바요? 아까 그분들도 저한테 데바라고 하시던데, 도대체 그게 뭐예요?"

티모가 인자한 웃음을 지으며 말했다.

"데바는 힌두의 남신을 말합니다. 케이."

"남신이에요? 제가 신이라고요? 하하, 무슨 그런 오해를."

채은이 건의 옷깃을 잡으며 말했다.

"건아, 일단 우리 잘 곳 없는지부터 좀 알아봐. 이제 날도 저무는데, 배도 고프고."

티모가 채은이 자신의 배를 쓰다듬는 것을 보고 대충 눈치를 챘는지 말했다.

"배가 고프시군요? 저희 집으로 가시죠."

건이 환하게 웃으며 말했다.

"정말이요, 촌장님? 와, 감사합니다. 누나 촌장님이 자기 집으로 초대하시겠데, 우리 밥 먹을 수 있어!"

"진짜? 만세!"

채은이 두 손을 들고 만세를 부르며 깡총깡총 뛰자 함께 기뻐한 건이 촌장의 안내에 따라 마을 가운데에 있는 큰 집으로 들어갔다. 마을은 꽤 컸지만, 시골 마을치고 큰 것이라 건물의 총합이 300이 넘지 않았다. 그중 가장 가운데에는 마을의 사원이 존재했고, 그 사원의 바로 맞은편에 있는 큰 집이 촌장의 집이었다.

건이 촌장의 집을 보며 휘파람을 불자 심바가 옆으로 와 말했다.

"안녕하세요, 저는 심바이고 네팔 현지의 통역을 맡고 있습니다."

유창한 한국어로 말을 걸어오는 심바를 본 건이 빙긋 웃었다.

"안녕하세요, 저는 김 건입니다. 편하게 케이라고 불러 주세요. 한국말 엄청 잘하시네요."

"하하, 한국에서 대학을 나와 그렇습니다."

"아, 그러셨구나. 근데 여기가 촌장님 댁인가요? 엄청 크네요."

"네, 이 정도 규모의 마을 촌장이면 크샤트리아 이상의 계급을 가지셨을 테니 큰 집에 사시겠죠."

건이 고개를 갸웃하며 물었다.

"크샤트리아가 뭐에요?"

심바가 대화를 촬영하고 있는 카메라를 힐끗 본 후 설명을 이었다.

"네팔은 카스트 제도를 유지하고 있는 국가입니다. 네팔에는 총 네 개의 신분 계급이 있고, 가장 높은 계급은 브라만이라는 사제 계급입니다. 그 아래로 귀족과 무사의 계급을 말하는 크샤트리아가 있고, 서민과 상민은 바이샤라고 부릅니다. 아까 케이에게 다가와 절을 하던 사람들이 모두 바이샤이지요. 그 외에 노예 계급인 수드라가 있습니다."

옆에서 함께 심바의 설명을 듣고 있던 채은이 놀란 듯 말했다.

"노예요? 아직 노예 제도를 가진 나라가 있어요?"

"예, 국법으로는 1,900년대 중반에 이미 금지되었지만, 중 장년층은 아직도 이 제도를 따르고 있지요. 국가에서도 이를 알지만 어쩔 수 없이 수용하고 있습니다."

"노예라니…… 그런 건 옛날 역사책에서나 볼 수 있을 줄 알았는데."

"노예인 수드라보다 더 아래 계급도 있습니다. 파리아라는 계급인데, 천민을 뜻합니다. 한국에서 배운 역사로 비교해서 말씀드리자면 '백정'이나 '망나니' 정도라고 생각하시면 되는데, 카스트 제도 안에서의 파리아는 사회악으로 규정되어 사람들의 멸시와 경멸을 받는 계급이지요."

"헐! 노예보다 더 아래 계급도 있군요."

심바가 집 안에서 손짓하고 있는 티모를 가리키며 말했다.

"촌장님이 들어오라고 하시는군요. 어서 가시죠."

영석이 재빨리 ENG 카메라 감독을 먼저 들여보내 건과 채은이 큰 정문을 지나 들어오는 것을 촬영했다.

건이 큰 마당을 보며 놀란 눈으로 주위를 둘러보자, 여러 명의 네팔 여성들이 테이블 앞에 서 있는 것이 보였다. 테이블 위에는 갖가지 음식들이 가득했고, 전통 의상을 입은 그들은 살짝 고개를 숙인 채 건과 눈을 마주치지 않고 있었다.

마당 중앙에는 큰 테이블이 놓여 있었는데, 티모가 테이블을 손으로 가리키며 건에게 말했다.

"앉으시지요."

건이 어정쩡한 자세로 테이블로 다가가자 채은이 뒤따랐다. 그 모습을 본 심바가 영석에게 속삭였다.

"채은씨가 합석하는 것을 기분 나빠할 수도 있습니다. 케이에 대해 극상의 예를 갖추는 사람들이라 여성이 함께 같은 곳에서 식사하는 것이 거북할 수도 있거든요."

영석이 티모의 눈치를 본 후 말했다.

"일단 촬영이 먼저니까, 내버려 둬 봐요. 티모 촌장이 건에게 예를 보이는 것을 보니 채은 씨께 뭐라고 할 것 같지는 않으니까. 카메라 팀! 테이블 중심으로 카메라 설치하세요. 건아! 카메라 설치할 때까지 아직 음식 먹지 말고."

카메라팀이 부산하게 움직여 카메라를 설치하는 도중 갑자기 음악이 울려 퍼졌다. 채은이 놀란 눈으로 음악이 울려 퍼지는 곳을 보자, 세 명의 남자들이 바닥에 카페트를 깔고 전통 악기로 연주하는 것이 보였다. 건이 그들이 연주하는 것을 유심히 보다 그들에게 다가가자, 연주자들이 연주를 멈추고 바닥에 엎드렸다. 건이 갑작스러운 그들의 행동에 당황하자, 티모가 말했다.

"उनको टाउको सुन्ना उहाँले समस्या देव थियो गर्नुपर्छ. (고개를 들어라. 데바께서 불편해하신다.)"

연주자들이 티모의 말에 번쩍 고개를 들자, 건이 머뭇거리며 쪼그리고 앉아 그들이 연주하는 악기를 가리키며 티모에게 물었다.

"이 퍼커션처럼 생긴 건 뭐라고 부르나요, 촌장님?"

티모가 다가와 말했다.

"담푸입니다. 염소 가죽으로 만든 북이지요. 그 옆의 나무 피리는 반수리라는 악기로 플루트와 비슷한 소리를 내지요. 저쪽 바이올린처럼 생긴 것은 사릉기라고 합니다."

건이 신기한 눈으로 악기들을 만져보려 하자 연주자들이 공손히 두 손으로 악기를 받쳐 들고 건이 잘 볼 수 있도록 해주었다.

너무 과한 예에 부담이 된 건이 자리에서 일어나자 다시 연주자들이 넙죽 엎드렸다. 건이 그들의 모습을 보고 한숨을 쉬는 중 영석이 촬영 준비가 다 되었다는 신호를 보냈다.

배가 고팠던 채은이 건을 재촉했다.

"건아, 일단 밥부터 먹자, 나 배고파서 죽을 것 같아!"

중앙 테이블 양쪽에 늘어선 테이블 위에 놓인 음식들을 가져온 여성들이 무릎을 꿇고 앉아 건과 채은 앞에 음식들을 가져오기 시작했다.

채은은 테이블 위로 음식이 쌓일수록 얼굴에 웃음이 가득해졌다. 건과 채은의 얼굴이 밝아지는 만큼 영석의 얼굴은 구겨졌지만.

건이 영석의 벌레 씹은 얼굴을 보며 재미있다는 듯 말했다.

"형, 우리 쫄쫄 굶는 거 기대했죠? 이거 어떡해요? 주시는 거 안 먹는 것도 예의가 아니고. 할 수 없이 먹어야겠죠?"

채은이 능글능글한 웃음을 지으며 거들었다.

"그러게 말이야. 촌장님이 이렇게 준비해 주셨는데, 안 먹는 건 진짜 예의가 아니지. 빨리 먹자!"

채은이 숟가락을 들고 티모의 눈치를 보자 티모가 웃으며 손짓으로 먹으라는 신호를 주었다. 채은이 손을 모으고 살짝 고개를 숙인 후 음식을 먹기 시작했다.

채은은 뭐가 그리 좋은지 연신 웃음을 흘리며 이것저것을 맛보며 건에게도 음식을 권했다.

"건아, 이거 먹어봐. 이거 염소 고기인가? 진짜 부드럽고 맛있어. 와, 아침에 처음 만난 셰르파 아저씨가 준 빵 말고 처음 먹는 음식이네. 배가 고파서 그런지 진짜 너무 맛있다!"

채은이 건의 입에 음식을 넣어주며 웃었다. 건은 그런 채은이 건네주는 음식을 맛보다 어느 순간 자신도 그릇에 얼굴을 박고 음식을 퍼먹기 시작했다.

티모가 그런 둘을 보며 인자한 웃음을 지으며 계속 음식을 내어오도록 지시하더니, 스탭들에게도 음식을 주라는 지시를 하기 시작했다.

가장 먼저 그릇에 여러 가지 음식을 담아 영석에게 다가온 여성이 음식을 내밀었다. 영석이 손을 모으고 인사를 한 뒤 접시를 받자, 여러 여성이 같은 접시를 들고 우르르 다가와 모든 스탭들에게 음식을 내밀었다.

건과 채은이 먹는 것만 찍던 스탭들이 배가 고팠는지 영석의 눈치를 보자, 영석이 말했다.

"먹어, 우리도 굶은 건 똑같은데, 먹고 하자. 거치형 카메라만 잘 돌려줘."

영석의 허락이 떨어지자 스탭들이 걸신들린 듯 음식을 먹기 시작했다. 하지만 모두 프로들이라 그런지 음식을 먹는 와중에도 특별한 일이 벌어지지 않는지 계속 모니터링을 했다. 특히 채은과 건이 대화를 할 때면 급히 카메라의 모니터를 확인하는 스탭들이었다.

어느 정도 배를 채운 건이 팔로 몸을 지탱하며 몸을 뒤로 젖히고 배가 부른 듯 만족한 얼굴을 했지만, 채은은 멈추지 않았다.

작은 체구에 어디로 그렇게 많은 음식이 들어가는지 의심스러울 만큼 오래, 많은 음식을 먹었다. 그런 채은의 모습을 웃는 얼굴로 지켜보던 건이 식사하는 내내 악기를 연주하고 있던 연주자들에게 걸어갔다.

연주자들은 미리 티모에게 지시를 받았는지, 건이 다가옴에도 연주를 멈추지 않았다. 건이 그들의 앞에 서서 그들의 연주를 들으며 고개를 까딱이다, 자신의 옆으로 다가온 티모를 보며 물었다.

"혹시 이분들, 악보를 볼 수 있나요?"

티모가 고개를 끄덕이며 말했다.

"예, 볼 수 있습니다."

건이 밝게 웃음을 지으며 말했다.

"혹시 종이랑 펜 좀 쓸 수 있을까요?"

티모가 즉시 주위에 있는 하인에게 말했다.

"एक पेन र कागज ल्याउन.(종이와 펜을 가져와라.)"

말이 떨어지자마자 안채로 뛰어들어간 하인이 몇 초 걸리지도 않고 펜과 종이 몇 장을 쥐고 달려와 티모에게 공손히 가져다 바쳤다.

티모가 하인이 건네준 종이와 펜을 받아 다시 건에게 공손히 건네자, 건 역시 두 손으로 예의 바르게 받았다. 주위를 둘러보던 건이 그냥 연주자들이 앉아 있는 카페트 위에 털썩 주저앉았다. 연주자들이 눈치를 보았지만, 연주를 멈추지 않았다.

건이 뭔가 시작하는 것을 본 카메라 감독이 접시에 남은 밥을 한 번에 입에 욱여넣고는 ENG카메라를 들고 급하게 뛰어왔다.

그 모습을 본 영석 역시 재빨리 그릇을 입에 대고 음식을 입에 욱여넣기 시작했다. 스탭들도 눈치를 보더니 식사 속도를 높였다.

건이 쪼그리고 앉아 악보를 써내려가다가, 곰곰이 생각에 잠겼다. 급기야 카페트 위에 엎드려 악보를 써내려가는 건을 모두가 지켜보고 있었다.

연주자들은 연주를 이어 나가면서도 궁금했는지 곁눈질로 건이 그리고 있는 악보를 훔쳐보고 있었다.

잠시 후 건이 세 장의 악보를 들고 티모에게 물었다.

"혹시 이 악보에 있는 음표 중에 반수리나 사릉기로 낼 수 없는 음역이 있는지 물어봐 주실래요?"

티모가 고개를 끄덕인 후 연주자들에게 말했다.

"देव उहाँले नोट साधन हुन सक्दैन भन्ने देख्नुहुन्छ भने सोधे. (데바께서 악기로 낼 수 없는 음표가 있는지 물어보신다.)"

연주자들이 황급히 연주를 멈추고 무릎을 꿇은 채 다리를 움직여 엎드린 채 악보를 한참 보더니 고개를 저었다.

티모가 그들을 본 후 건에게 말했다.

"연주할 수 있다고 합니다."

건이 밝은 표정으로 악보를 연주자에게 넘겨주며 말했다.

"연주 부탁드려도 될까요?"

연주자들이 공손한 자세로 악보를 받아 들며 티모를 보자 그가 말했다.

"देव प्ले छ दिनुहोस्. (데바께서 연주하라 하신다)"

연주자들의 표정에 감격이 어렸다. 무릎을 꿇은 채 건에게 조용히 손을 모으고 허리를 숙인 연주자들이 악보 하나를 바닥에 놓고 엎드려 외우기 시작했다.

그 모습을 본 건이 채은의 옆에 둔 J-200을 가지러 갔다. 아직도 입가에 기름을 잔뜩 묻히고 음식을 먹던 채은이 걸음을 옮기는 건에게 물었다.

"왜, 연주하게? 너 저 악기들 알아?"

건이 J-200을 케이스에서 꺼내며 웃었다.

"아니, 잘 몰라. 아까 연주하는 거 들은 게 다야."

"그런데 악보를 그려줬어? 뭐 하게? 원래 있는 곡?"

"아니, 그냥 여기 와서 아까 저 악기들이 내는 소리를 듣고 떠오른 곡이야."

건이 기타를 들고 연주자 쪽으로 가자 한 손에 염소 다리를 들고 멍하게 그 모습을 보던 채은이 중얼거렸다.

"오늘 처음 본 악기들인데, 그걸 듣고 이 자리에서 악보를 떠올렸다고?"

건이 연주자들이 악보를 외우는 동안 나지막한 돌 턱에 앉아 J-200을 작게 튕겼다. 잠시 눈을 감고 생각에 잠긴 건을 본 티모가 아직 부산하게 음식들을 서빙하며 떠드는 하인들을 보며 검지를 입에 대자, 사방이 순식간에 조용해졌다.

분위기가 이상하게 돌아가는 것을 느낀 카메라 감독들이 자리에서 일어나 각자의 장비를 챙겨 건의 주위로 모여들어 촬영을 시작했다.

눈을 감고 심상을 떠올리는 건의 모습을 내려다보는 영석이 생각했다.

'이 프로그램, 대박이다. 의도대로 흘러가고 있지는 않지만, 이거 예고편만 나가도 난리 날 거야. 네팔에서 신으로 오해받은 건이라, 사장님이 엄청 좋아하시겠네.'

잠시 후 연주자들이 몸을 일으켜 각자의 악기를 잡고 연주 연습을 시작했다.

처음 반수리의 아름다운 피리 소리가 울려 퍼지기 시작하자 일을 하고 있던 여성들의 눈이 커졌다.

사룽기는 처음부터 연주에 포함되지 않고 중간 이후에 슬며시 끼어들 듯이 연주에 합류했고, 그와 동시에 담푸가 끼어들었다.

상당한 실력을 가진 연주자들이었는지 두 번의 연습을 한 후 악기를 내려놓고 건의 지시를 기다리는 듯 건을 바라보는 연주자들이었다.

건은 그런 연주자들을 지켜보다 준비가 된 듯하자 웃음을 지으며 카페트 중앙에 신발을 벗고 올라와 앉았다. 말이 통하지 않았지만, 음악이라는 공통된 관심사로 하나 된 그들이 함께 눈을 맞추며 웃었다.

건이 반수리 연주자에게 눈짓으로 연주 시작을 지시하자, 곧 반수리를 입에 댄 연주자의 피리에서 구슬프고 아름다운 연주가 흘러나왔다.

너무 아름다운 음이 연주되자 연습을 할 때부터 티모의 집에 하나둘씩 모여들어 정문 앞에 서서 구경을 하고 있던 마을 사람들이 각자 눈을 감고 음악을 느끼기 시작했다.

반수리의 음은 마치 히말라야 산맥을 굽어보며, 인간 세상의 참상을 보고 있는 브라흐마의 안타까운 눈빛처럼 자애롭고 인자함이 가득했다.

구슬픈 음이 마치 그들의 신이 자신들을 보며 흘리는 눈물처럼 느꼈던 마을 사람들이 하나둘씩 자리에 앉아 기도하기 시작했다.

곧 사룽기가 바이올린과 소금이 합쳐진 듯한 슬픈 음을 내며 끼어들었다. 담푸가 내는 담담한 박자에 올라탄 사룽기가 브라흐마의 눈물 위에 인간들에게 말을 전하는 브라흐마의 음성과 같이 울려 퍼졌다.

티모 역시 음악이 주는 종교적 깨달음에 취했는지 가만히 선 채 눈을 감고 고개를 하늘로 들었다.

그때, 전통 악기 위로 전혀 이질감이 없는 기타 아르페지오가 올라탔다. 기타 연주는 피리 연주와 같은 반수리의 음에서 3도 음을 내린 화음으로 연주되어 청명한 밤하늘에 울려 퍼졌다.

티모의 집 정문에 무릎을 꿇고 앉아 기도를 올리는 이들이 점점 늘어갔다. 티모의 집 밖으로 보이는 언덕 위에 사람들이 올라가 무릎을 꿇고 손을 모으는 모습이 늘어갔다.

영석이 놀란 표정을 지으며 멍하게 건의 모습을 담고 있는 카메라 감독 중 두 명의 어깨를 치며 정문 앞에서 기도를 드리는 사람들과 언덕 위의 사람들을 촬영하라는 지시를 했다.

채은은 들고 있던 음식을 바닥에 떨어뜨렸다. 눈을 크게 뜬 채은의 눈가가 미세하게 떨렸다.

눈을 감고 연주를 하고 있던 건의 입이 열렸다.

On the roof of the world in the village Deurali.

(세계의 지붕에 있는 마을 데우렐리에서.)

Thank you, God.

(신께 감사를 드려요.)

Thank you for giving me a day's food and a comfortable bed.

(내게 일용할 양식과 편안한 잠자리를 주신 당신에게 감사드려요.)

건의 목소리는 아침의 미성이 아니었다. 굵고 울리는 목소리로 노래하는 건의 음성은 티벳 고승이 내뱉는 인간이 낼 수 있는 최저음에 가까웠다.

기도를 드리고 있던 사람들의 손이 파르르 떨리고, 하늘을 보고 있던 티모가 바닥에 털썩 꿇어앉았다.

여전히 눈은 감겨 있었지만, 두 손을 모으고 하늘로 고개를 들고 있는 티모의 눈가에 작은 눈물이 맺혔다.

Deurali, Deurali.

(데우렐리, 데우렐리.)

blessings come together in this village full of love and courtesy.

(사랑과 예의가 가득한 이 마을에 당신의 축복이 함께하기를.)

blessings come together in this village full of love and courtesy.

(사랑과 예의가 가득한 이 마을에 당신의 축복이 함께하기를.)

다시 건의 목소리가 울려 퍼지자, 무릎을 꿇고 기도를 올리던 사람들이 몸을 숙여 바닥에 이마를 대기 시작했다. 눈을 감고 있어 그 모습을 보지 못한 건이 마지막 가사를 내뱉었다.

blessing will come to this beautiful village, which is in contact with the sky.

(하늘과 맞닿은 아름다운 이 마을에 당신의 축복이 함께하기를.)

노래는 끝났지만, 연주는 아직 계속되고 있었다. 그때 갑자기 바닥에 엎드린 마을 사람들이 한목소리로 낮은 저음을 내기 시작했다.

"आशिष् आकाश संग सम्पर्क मा छ जो यस सुन्दर गाउँ, हुने छ."

마을 사람들이 내는 저음은 마치 기도 소리와 같았는데, 이 소리는 연주자들의 연주와 무척이나 잘 어울렸다. 사람들은 연주가 계속되는 내내 같은 말을 중얼거렸다.

영석이 놀란 눈으로 사람들을 보다 옆에서 눈을 크게 뜨고 몸을 잘게 떨고 있는 심바에게 물었다.

"사람들이 뭐라고 말하는 건가요?"

심바가 사람들을 보다, 건에게 시선을 고정한 채 떨리는 목소리로 말했다.

"이, 이럴 수가……. blessing will come to this beautiful

village, which is in contact with the sky……. '하늘과 맞닿은 아름다운 이 마을에 당신의 축복이 함께하기를'이라고 말하는 겁니다. 여, 영어를 못하는 사람들이 저분의 말을 알아듣고 따라 했어요. 이건 말이 안 됩니다!"

"आशीष् आकाश संग सम्पर्क मा छ जो यस सुन्दर गाउँ, हुनेछ."

"आशीष् आकाश संग सम्पर्क मा छ जो यस सुन्दर गाउँ, हुनेछ."

사람들이 내는 저음의 기도 소리가 점점 커졌다. 마을 전체로 퍼져나가는 기도 소리는 촌장의 집에서 멀리 떨어진 곳에 있는 사람들에게도 들렸다.

마을을 오가던 사람들과 각자의 집에서 가족들과 저녁 시간을 보내던 사람들이 기도 소리를 듣고 각자 있는 자리에 무릎을 꿇고 손을 모은 채 들려오는 목소리를 따라 부르자, 곧 데우렐리 마을 전체에서 같은 목소리가 울려 퍼졌다.

멍한 표정으로 집 밖에서 나는 소리에 귀를 기울이던 영석이 넋이 나가 있는 심바에게 물었다.

"저게 방금 건이 영어로 말한 가사를 네팔어로 바꾼 말이라고요? 영어도 모르는 사람들이 어떻게 뜻을 알고 따라 합니까?"

심바가 잘게 떨리는 자신의 손을 내려다보며 말했다.

"그, 그게…… 저도 잘 모르겠습니다. 뭐 이런……."

건이 사람들의 우렁찬 목소리를 듣고 눈을 떴다. 손을 계속 움직여 기타 연주를 계속하고 있었지만, 눈을 크게 뜨고 주위를 바라보던 건이 눈으로 영석에게 상황을 물었다.

하지만 영석 역시 어깨를 으쓱하는 수밖에 없었다. 잠시 후 길게 이어지던 연주가 멈추어지자 눈을 감고 연주에 몰입했던 연주자들이 악기를 바닥에 놓고 중앙에 앉아 있는 건 쪽으로 돌아앉아 바닥에 이마를 대고 몸을 숙였다. 건이 당황스러운 표정으로 마주 무릎을 꿇고 앉아 티모에게 도와달라는 눈빛을 보냈지만, 바닥에 앉아 기도를 드리고 있던 티모는 아직 눈을 뜨지 않고 있었다.

건이 그런 티모에게 말을 걸었다.

"저기, 티모 촌장님. 이분들 왜 이러시는 거죠? 좀 말려주세요."

티모가 건이 자신을 부르는 소리를 듣고 조용히 눈을 떠 건을 바라보았다.

한참 건을 바라보기만 하던 티모가 입을 열었다.

"पछाडिजानुहोस्. (돌아가라.)"

그제야 연주자들이 자리에서 일어나 악기를 챙기기 시작했지만, 그들은 감히 건과 눈도 마주치지 못하고 있었다.

건이 소리가 나지 않도록 최대한 조심스럽게 악기를 챙기고 있는 연주자들을 보며 티모에게 물었다.

"그런데 마을 사람들이 아직도 외치고 있는 말은 뭐에요? 음악이 멈춰도 계속 들리는데."

티모가 고개를 돌려 집 밖으로 보이는 언덕 위를 보았다. 건이 티모의 시선을 따라 언덕 위를 보고 놀란 눈으로 말했다.

"무, 무슨 사람들이 이렇게 많이……."

언덕 위에 새까맣게 많은 사람이 모여 있었다. 세어 보지 못했지만 적어도 천여 명의 사람들이 언덕 위에서 이마를 바닥에 댄 채 기도를 하고 있었다.

그 모습을 본 티모가 눈을 돌려 가만히 건을 보았다. 건은 언덕 위와 집 정문 밖 사람들을 정신없이 보고 있었다. 잠시 건에게 시선을 두었던 티모가 자리에서 일어나며 말했다.

"피곤하실 텐데, 이제 그만 쉬시지요. 방을 안내해 드리겠습니다."

"예? 방이요? 아, 예. 잠까지 재워주시려고요? 정말 고맙습니다, 촌장님."

건이 잠시 당황하는 표정을 짓다가 이내 밝은 소리로 말하자 조금 떨어져 있던 채은이 소리쳤다.

"뭐래? 방? 여기서 자도 되는 거야?"

건이 밝은 표정으로 고개를 끄덕이자 확 밝아진 채은이 크게 웃음을 터트렸다.

"꺄하하! 완전 대박! 진짜 운 좋다, 우리!"

영석이 이제는 포기한 듯 고개를 푹 숙이며 얼굴을 가렸다가 AD에게 말했다.

"이거 테이프, 예고편이랑 1회분 언제 전달이야?"

AD 가 스케줄 표를 확인한 후 말했다.

"첫 전달은 내일 아침입니다. 데우렐리로 왔다가 돌아가는 특파원 편에 행랑으로 보내기로 했어요. 한국에서 김 PD가 맡아 제작할 겁니다."

"1편은 데우렐리 도착 직전까지로 끊으라고 해. 마을 사람들이 마을 입구에서 기다리던 장면까지. 대신 예고편에는 지금 이 장면 넣으라고 해."

"예, CP님."

"첫 방 언제지?"

"13일 후입니다. 토요일 밤 11시고요."

"좋아, 내일 바로 보내서 예고편 편집 완료 즉시 내보내라고 해. 사장님께는 내가 따로 전화해 둘게."

"예 CP님."

"자, 연기자들 방으로 들어간답니다! 카메라 감독님들, 연기자들 방에 카메라 설치해 주세요."

영석의 지시를 받은 카메라 감독들이 장비를 들고 방으로 뛰어들어갔다. 티모가 부산하게 움직이는 스탭들을 지켜보다 건과 채은에게 말했다.

"준비가 되는 동안 차를 한잔 드리죠, 소화에 좋은 차이니

드시면 좋을 겁니다."

"아, 예 촌장님. 감사합니다."

건이 채은을 끌고 티모의 방으로 갔다. 검소해 보이는 방이었지만 크기가 꽤 큰 방에 난 창 아래에 있는 빨간색 소파에 둘을 앉힌 티모가 직접 차를 끓이러 나가자 채은이 건에게 물었다.

"아까 사람들이 뭐라고 한 거야? 마을 사람들이 다 똑같은 말을 하는 것 같던데."

"나도 몰라, 네팔어였잖아. 티모 촌장님께 물어봤는데 답을 안 해주시네."

티모의 방은 문이 열려 있었는데 문 앞을 지나가던 영석이 건과 채은을 보고 말했다.

"아, 카메라 달고 다녀야지. 둘이 다니면 어떡하냐? 감독님 여기 두 사람 있어요!"

곧 ENG를 든 카메라 감독과 음향 감독이 들어왔고, 조명 감독이 휴대용 조명을 설치했다.

그 모습을 지켜보던 영석이 건에게 말했다.

"건아, 흐흐. 우리 프로그램, 네 덕에 대박 나겠다. 방금 위성 전화로 사장님이랑 통화해서 상황 전파했는데 엄청 좋아하시네."

건이 웃으며 말했다.

"그래요? 다행이네요, 형한테 도움이 되어서. 그런데 제가 더 좋은 것 같아요. 여기 오길 정말 잘한 것 같고요. 사람들도 너무 밝고 친절하고, 혼자 여행 와서 카트만두의 호텔에서 자며 관광지를 둘러봤다면 이런 경험들은 절대 할 수 없었겠죠? 형한테 감사해요."

영석이 팔짱을 끼며 웃었다.

"그래, 고마우면 열심히 해라."

"내일은 어디로 가요?"

"아, 그래. 시간 있을 때 설명해 줄게. AD야, 지도 가져와라. 건이 너도 지도 펴고."

그때 티모가 차를 가져와 방으로 들어왔다. 티모는 스탭들이 많은 것을 보고 잠시 쟁반에 담긴 차를 보더니 다시 차를 더 끓여오기 위해 방을 나섰다.

건과 채은이 소파에 붙어 앉아 지도를 펴자 영석의 설명이 시작되었다.

"카메라 돌아가니까, 경어를 쓸게. 자, 오늘 수고들 하셨습니다. 내일 우리가 도착해야 할 곳은 뱀부(Bamboo)입니다. 데우렐리와 비슷한 크기의 도시이고요. 내일 밤까지 도착하시면 되겠습니다."

채은이 문득 생각났다는 듯 물었다.

"그런데, 오늘 미션 성공했는데 왜 보상 안주세요?"

영석이 난처한 표정을 지으며 AD를 보자, AD가 무엇인가를 건네주었다.

영석이 바닥에 앉아 물건을 밀어주며 말했다.

"사실은 미션 성공 보상이…… 텐트였어요. 비박을 할 거라고 생각해서 준비한 건데…… 이렇게 좋은 집에서 주무시게 되어 필요가 없겠네요. 그래도 앞으로 사용할 수 있으니까 가지고 있어요."

채은이 황당한 표정으로 제작진에게 텐트를 건네받자 건이 말했다.

"오늘만 운이 좋은 거지, 원래는 텐트에서 잤어야 맞지. 근데 지금 우리한테 필요 없는 거니까, 대신 배낭 하나 주시면 안 돼요? 이거 넣고 다닐 수 있는 거로요."

"좋습니다. 그 정도는 해드릴게요. AD야, 배낭 하나 내어드려."

AD가 빨간색 등산 가방을 내밀자 건이 받아 텐트를 넣은 후 지도와 주머니에 넣어두었던 플래시 두 개를 넣었다.

"그럼 이건 제가 들고 다닐게요."

채은이 만류하며 말했다.

"넌 기타도 들어야 되잖아. 별로 무겁지도 않은데 이건 내가 들게, 줘."

"에이, 남자가 어떻게 여자한테 짐을 들게 해요? 이거 제 동생도 방송 볼 텐데 그랬다간 저 죽어요."

"호호, 동생을 무서워하나 봐?"

갑자기 동작을 멈췄던 건이 진중한 표정으로 채은을 보며 말했다.

"세상에서, 제일."

"뭐? 하하하하핫!"

잠시 이야기를 나누고 있는 도중 티모가 차를 들고 방으로 들어왔다.

테이블 위에 차를 놓은 티모가 잔을 들어 차를 따라 제일 먼저 건에게 내밀었다.

"네팔 홍차입니다. 첫 물 차(First flush)라서, 부드럽고 가벼운 향이 날 겁니다."

티모는 순서대로 차를 따라 스탭들에게 나누어준 후 가장 마지막에 자신의 차를 따라 자리에 앉았다.

정자세로 앉아 차를 한 모금 마신 티모가 말했다.

"차가 입에 맞으십니까?"

건이 김이 모락모락 나는 차를 한 모금 마셔본 후 미소를 지었다.

"네, 홍차라고 해서 조금 느끼할 줄 알았는데, 이건 산뜻하네요?"

"네, 네팔의 홍차는 네 종류입니다. 지금 드신 것은 첫 물 차라고 제일 처음 우려낸 차이지요. Second flush 역시 부드럽지만, 향이 조금 짙습니다. Monsoon flush는 세 번째 우려내는 차인데, 향과 맛이 짙고 색이 어둡죠. Autumnal flush는 다르질링 계열의 홍차처럼 맛이 무척 강하답니다."

건이 고개를 크게 끄덕이며 말했다.

"와, 차의 세계도 무척 복잡하네요. 같은 홍차라도 우려내는 횟수에 따라 맛이 많이 달라지는군요."

건이 채은을 위해 티모의 말을 통역해 주자 채은도 조금 놀란 눈으로 다시 한번 차를 마셔보았다. 스텝들 역시 건의 설명을 들으며 차를 음미해 보았다.

그 모습을 본 티모가 흐뭇하게 웃으며 말했다.

"언제 떠나십니까?"

"내일 떠나야 해요. 촬영이라 정해진 시간 동안 목적지까지 내려가야 하거든요."

"어디가 다음 목적지입니까?"

"네, 다음 목적지는 뱀부에요."

"그렇군요, 좋은 도시죠. 다랭이 논이 많아 곡식이 풍부한 곳입니다."

"다랭이 논이요?"

"예, 산에서 농사를 지을 때 쓰는 층계처럼 생긴 논을 말합니다."

"아, 그거. 우리나라에도 있어요."

"세계적으로 고산지역에서는 많이 쓰는 방법이지요."

영석이 가만히 두 사람의 대화를 듣고 있다가 말했다.

"혹시나 해서 말씀드리는 것인데, 버스 같은 거 태워준다고 하면 거절하세요. 만약 버스 타고 싶으면 여기서 일을 해서 품삯을 얻어 타셔야 합니다. 최소한의 규칙은 지켜주셔야 해요. 가만두면 아주 가마로 다음 목적지까지 모실 기세라서 말씀드립니다."

채은이 아쉽다는 눈으로 말했다.

"에이, 편하게 갈 수도 있겠다 했는데!"

건이 채은과 영석을 보며 웃다가 티모에게 말했다.

"티모 촌장님, 혹시 이곳에 일을 좀 하고 품삯을 얻을 곳이 있을까요?"

티모가 놀란 눈으로 차를 내려놓으며 말했다.

"돈이 필요하십니까? 제가 드릴까요?"

건이 손사래를 치며 영석을 가리켰다.

"안 돼요. 저기 악마 PD가 그런 건 허락 안 해준데요, 하하. 정당하게 일을 해서 번 돈으로 버스를 타건 음식을 사 먹든 해야 할 것 같아요."

"아, 그렇군요. 그럼…… 내일부터 일주일간 마을에 결혼식이 있어서 일손이 필요한 집이 있는데 소개해 드릴까요?"

"와앗! 딱 좋은데요? 혹시 뱀부까지 버스비가 얼마인지 아세요?"

"한 사람당 300루피 정도면 갈 수 있습니다."

"그럼 결혼식장에서 일하면 얼마를 벌 수 있는데요?"

"오전부터 오후 세 시까지 일을 하시면 한 사람당 2,500루피 정도는 벌 수 있습니다."

건이 채은에게 고개를 돌리며 기쁜 표정으로 말했다.

"누나, 내일 결혼식 하는 집에 가서 일하면 한 사람당 2,500루피 정도 벌 수 있고, 뱀부까지 버스비는 한 사람당 300루피 정도래."

채은이 박수를 치며 기뻐했다.

"진짜? 완전 행복해. 내일은 안 걸어도 되겠다!"

티모의 배려 덕에 편안한 침대까지 있는 방에서 피로를 푼 채은이 조금 밝아진 표정으로 아침 햇살을 받으며 방을 나섰다.

마당에는 이미 출발 준비를 끝낸 스텝들이 모여 있었고, 영석은 티모와 함께 마당에 있는 평상에 앉아 영어로 대화를 나누고 있었다. 건은 아직 나오지 않았는지 보이지 않자 채은이 영석의 옆으로 가 두 사람의 대화를 들었다.

"티모 촌장님. 두 사람이 결혼식을 하는 집에 가면 무슨 일을 하게 되죠?"

"그 집은 우리 마을의 크샤트리아 집안이라 집이 좀 큽니다. 2층 집인데, 1층에서는 여자들이 빵을 만들고, 2층에서는 남자들이 염소 고기를 다듬어요."

"오, 그래요? 그럼 좋겠는데요."

"케이는 일꾼들에게 노래를 해주셔도 됩니다."

"아, 괜찮습니다. 프로그램 컨셉이 고생하는 컨셉이니 염소 고기를 다듬는 쪽이 더 나을 것 같군요."

"그래요, 그럼 같이 가서 제가 소개를 해드리죠."

"감사합니다, 촌장님."

대화를 마친 것을 눈치챈 채은이 영석에게 어떤 일을 하게 될지 물었다.

영석의 대답을 들은 채은이 장난스러운 표정으로 이제 막 마당으로 나오고 있는 건에게 달려갔다.

"건아! 너 염소 고기 다듬는 일할 것 같아, 호호!"

건이 손을 이마에 대고 고개를 절레절레 흔들었다.

"아, 나 피 보면 현기증 나는 타입인데, 큰일이다. 만질 수 있을까?"

잠시 후 티모를 따라간 두 사람이 티모의 집보다는 작지만, 꽤 큰 집 앞에 도착했다. 잔칫집이라 그런지 많은 사람이 부산하게 일을 하고 있었고, 연주자들이 음악을 연주하며 일꾼들이 즐겁게 일을 할 수 있도록 돕고 있었다.

울려 퍼지는 신나는 음악을 들은 건이 걱정스러운 마음이 가시는지 표정을 밝게 하자 영석이 음흉하게 말했다.

"건아, 저기 살아 있는 염소가 2층으로 올라간다. 쟤 잡으려나 봐."

건이 영석이 가리키는 방향에 목에 줄을 걸고 사람을 따라 걷고 있는 흑염소를 보고는 울상을 지었다.

채은이 1층에 빙 둘러앉아 빵 반죽을 하고 있는 아주머니들 틈에 앉아 건에게 손을 흔들었다.

"건아! 돈 많이 벌어 와."

건이 울상을 지을수록 영석의 표정을 밝아졌다. 2층으로 올라간 건이 차마 염소 도축 장면은 똑바로 보지 못하고 눈을 돌렸다.

잠시 후 도축된 염소의 껍질을 벗기고 내장을 정리하는 작업을 하던 건이 피가 잔뜩 묻은 장갑을 영석의 얼굴에 비비며 웃었고, 영석이 혼비백산하며 도망가는 장면이 재미있게 촬영되었다.

오후 네 시가 넘는 시간까지 일을 한두 사람이 주인에게 두 사람의 인건비로 5,000루피를 받아 들고는 밝은 표정으로 집 밖을 나서자, 앞에 티모가 기다리고 있었다.

건이 밝은 표정으로 돈을 흔들며 말했다.

"촌장님, 덕분에 돈 많이 벌었어요, 하하!"

티모가 미소를 지으며 살짝 고개를 숙였다.

"너무 험한 일을 하게 한 것이 미안할 뿐입니다."

"아니에요, 아니에요. 너무 감사했습니다. 덕분에 뱀부까지 편하게 버스를 타고 갈 수 있을 것 같아요."

티모가 손으로 한쪽 방향을 가리키며 말했다.

"버스 정류장은 이쪽입니다. 안내해 드리죠."

티모의 안내를 받아 버스가 정차한다는 곳에 가 보니 그냥 길가에 BUS라고 쓰여 있는 푯말만 덩그러니 서 있었다. 사람들이 바위로 만든 벽 위에 앉아 버스를 기다리는 것을 본 건이 티모의 손을 잡고 인사했다.

"정말 고마웠어요, 촌장님."

채은도 옆에 붙어 손을 모으고 인사하자, 티모가 인사를 받은 후 말했다.

"케이라면 언제든 환영합니다. 또 놀러 오세요. 버스는 빨간색 버스를 타셔야 합니다. 파란색은 다른 곳으로 가는 버스니까요."

"네, 촌장님. 꼭 다시 올게요."

티모와 인사를 나누던 도중 멀리서 빨간색 버스가 오는 것이 보였다. 천장이 낮고 매우 낡은 버스가 먼지바람을 일으키며 오는 것을 본 영석이 말했다.

"버스 온다. 촬영팀 탑승 준비하세요!"

버스에서 승무원으로 보이는 이십 대의 젊은 남자가 내려 돈을 받고는 탑승을 허가했다.

오후 시간이라 그런지 버스 안에는 세 명의 현지 사람 외에 없었다. 조금 넓게 앉을 수 있어 편안하게 버스를 탄 두 사람의 행복은 그리 오래가지 않았다.

버스 바닥에는 구멍이 뚫려 있어 구멍을 통해 먼지가 올라오고, 비포장 길을 달리던 버스가 너무 덜컹거려 잠을 자기는 커녕 앞 좌석에 있는 손잡이를 꼭 잡고 있어야 했다.

거기에 절벽에 난 좁은 길을 이용하는 버스라 오른쪽으로 보이는 깎아지른 절벽 때문에 시종일관 불안하게 내려가야 했다.

천신만고 끝에 뱀부에 도착해 버스에서 내린 채은이 힘없이 두 손을 축 늘어뜨리며 말했다.

"차라리 걸어오는 게 더 편했을 것 같아……. 흑!"

먼저 내린 건이 채은의 등을 토닥거려 주며 말했다.

"에이, 걸어 왔으면 아침에 출발해도 해가 진 다음에 도착했을 거야, 지금 아직 해가 있는 시간에 도착한 게 어디야? 가자, 누나. 와 근데 여기는 데우렐리보다는 좀 작구나?"

건의 말에 고개를 든 채은의 눈에 산 중턱의 내리막길에 오밀조밀 모여 있는 집들이 들어왔다.

조금 작은 마을이긴 했지만 트래커들을 위한 호텔이나 식당도 보였다. 채은이 건에게 물었다.

"우리 아직 돈 남았지? 그걸로 밥 먹을 수 있을까?"

건이 주머니에서 남은 돈을 꺼내 세어 보며 말했다.

"글쎄, 여기 물가를 모르니까 가서 물어보자."

건이 트래커들이 이용하는 숙소로 보이는 모찌를 찾아 들어갔다. 카운터에서 주황색 전통 의상을 입은 아주머니가 반갑게 맞아주었다.

건이 영어로 상황을 이야기하고 음식의 가격을 묻자 영어가 짧았던 주인이 메뉴판을 보여주었다.

메뉴판을 보던 건의 얼굴이 밝아졌다.

"누나! 200루피면 한 끼 해결할 수 있어!"

채은이 밖에서 건의 목소리를 듣고 쪼르르 달려들어왔다.

"진짜? 물가 엄청 싸네. 그럼 아까 우리 일하고 너무 많이 받은 거 아니야?"

채은의 말에 건이 손에 든 돈을 보며 고개를 갸웃한 후 주인에게 물었다.

"호텔 가격은 얼마에요? 방 두 개"

건이 손짓 발짓을 해가며 호텔 방 가격을 묻자 주인이 2천 루피라고 말했다. 건이 두 손을 번쩍 들며 외쳤다.

"만세! 오늘 여기서 잠도 잘 수 있겠다! 누나, 2천 루피래, 방 두 개에!"

채은이 건과 하이파이브를 하며 좋아하자 팔짱을 끼며 그 모습을 보고 있던 영석이 표정을 구기며 AD에게 물었다.

"AD야, 원래 인건비 2,500루피 맞대? 너무 많이 받은 거 아냐, 저거?"

"글쎄요, 결혼식하는 집에서 보통 얼마를 받는 지까지는 모르겠는데, 심바! 잠깐 이리 와봐요."

AD가 심바를 부르자 밖에서 담배를 피우던 심바가 들어왔다. AD는 그런 심바의 등을 영석 쪽으로 밀며 말했다.

"원래 결혼식 같은 곳에서 하루 일하면 얼마 벌어요?"

심바가 잠시 생각해 본 후 손가락 한 개를 폈다.

"1,000루피 정도?"

영석이 거칠게 머리를 긁으며 말했다.

"젠장, 티모 촌장이 더 준거구나!"

결국, 이날도 티모 촌장 덕에 좋은 호텔은 아니지만 안락한 잠자리와 맛있고 따뜻한 먹거리로 저녁을 해결한 건과 채은이 행복한 미소를 지었다.

영석은 둘을 보며 내일은 꼭 고생길을 만들어주겠다고 다짐했다.

하지만 영석은 데우렐리에서 출발한 오토바이들이 뱀부를 거쳐 다른 도시로 이동하며 티모의 전언을 전하고 있다는 것을 꿈에도 몰랐다.

다음 날 아침 어제 고생을 덜해서 그런지 남들보다 조금 일찍 잠에서 깬 건이 세수를 한 뒤 모찌 앞으로 산책을 나왔다. 기지개를 켜며 고산지대의 시원한 아침 바람을 맞던 건의 눈에 저 멀리 티벳 고승의 복장을 한 여러 명의 스님이 들어왔다.

건이 기지개를 켰던 손을 내리고 두 손을 모아 인사하자 고승 중 맨 앞에 있던 승려가 정중히 합장을 한 후 몸을 숙였다.

승려가 건에게 곧장 다가와 영어로 말을 꺼냈다.

"성함이 케이 이십니까?"

건이 자신을 알아보는 승려에 놀라 눈을 동그랗게 뜨고 물었다.

"아, 예……. 그런데요."

승려가 주위의 승려들을 보며 말했다.

"यो देव छा भद्रताका साथ ले . (이분이 데바시다. 정중히 모셔라.)"

주위에 여섯 명의 승려들이 일제히 건을 향해 정중히 몸을 숙이자, 건이 어리둥절한 얼굴로 마주 인사했다.

우두머리로 보이는 승려가 건에게 말했다.

"저는 이곳 뱀부의 중앙 사원에서 수행 중인 프라빈이라고 합니다. 당신을 저희 사원에 초대하려 하는데 어떠신가요?"

건이 검지 손가락으로 자신을 가리키며 물었다.

"예, 저를요? 왜요?"

"아, 오해는 하지 마세요. 데우렐리의 티모 촌장님께서 부탁하셨습니다."

프라빈의 입에서 티모의 이름이 나오자 그제야 경계를 접은 건이 엄지손가락으로 모찌를 가리키며 말했다.

"아, 그러셨군요. 그런데 제가 일행들이 있어서요, 혼자 가면 안 돼요."

프라빈이 문제없다는 듯 고개를 끄덕이며 말했다.

"일행 모두 초대하려 합니다. 괜찮을까요?"

건이 잠시 생각을 해보다 마침 담배를 피우려는지 입에 담배를 물고 나오는 카메라 감독에게 말했다.

"아, 감독님! 잘됐다. 이분들이 여기 사원의 승려라는데, 저희를 사원에 초대하신다고 해요. 가도 괜찮을까요?"

카메라 감독이 담배를 입에서 빼고 뒤로 숨기며 승려들에게 합장을 한 후 말했다.

"그게…… 내가 결정할 문제가 아니죠, CP님한테 물어볼게요. 잠깐만요."

카메라 감독이 들어가자 1분도 지나지 않아 영석이 뛰어 나왔다.

영석은 승려들을 보자마자 합장을 한 후 건에게 물었다.

"뭐야? 사원의 승려들이 왜 우릴 초대해? 너 또 무슨 사고 쳤어?"

건이 장난스러운 웃음을 지으며 팔꿈치로 영석을 밀었다.

"에이, 형은 제가 언제 사고를 쳤다고 그래요, 티모 촌장님이 부탁한 거래요."

"아! 그래? 그럼 가지, 뭐. 사원은 촬영 허가가 어려워서 들어가기 어려운 곳인데, 잘됐다. 그럼 조금만 기다리라고 해줘. 어? 뭐야, 너 어떻게 대화했냐? 영어 통해?"

"네, 여기 프라빈 씨만 통하는 것 같아요."

영석이 뒤로 돌아 모찌로 들어가려는 자세로 고개만 돌려본 프라빈에게 어정쩡한 자세로 합장을 건넸다. 프라빈이 정중히 합장으로 맞절을 하자, 영석이 부리나케 안으로 뛰어 들어가 소리를 질러대며 일행들의 준비를 독려했다. 프로들이라 그런지 5분도 되지 않아 모든 준비를 마친 스탭들이 가장 늦게 나온 채은까지 합류하자 사원으로 출발했다.

프라빈이 건의 옆에 서서 안내를 하며 사원으로 올라가자, 마을 중앙에 붉은 건물의 사원이 보였다.

마을에서 가장 큰 건물로 보이는 사원의 주위로 집들이 오밀조밀하게 붙어 있어, 마치 중세 귀족의 성 배치 같은 느낌을 주는 사원으로 들어선 건과 채은이 사원의 규모와 오래된 조각품들을 구경하며 연신 탄성을 내질렀다.

그 모습을 보던 프라빈이 계단을 가리키며 말했다.

"주지 스님께 인사를 드리시지요."

건이 채은의 손을 잡고 계단을 올라 문 앞에 서자, 프라빈이 문을 열며 안으로 안내했다. 문 안에는 또 다른 마당이 있고, 마당 가운데 중간 정도 규모의 법당이 있었다.

법당 앞에 선 프라빈이 조금 큰 소리로 말했다.

"큰 스님, 케이를 모셔왔습니다."

건은 영어로 말하는 프라빈의 말을 듣고 안에 있는 스님과도 말이 통할 것이라는 판단을 했다. 잠시 후 헛기침 소리가 들리자, 프라빈이 문을 열었다.

법당 안에 큰 불상이 있고, 90세는 넘어 보이는 스님이 승려 복장을 입고 정중히 합장하는 모습이 보였다.

건과 채은이 얼결에 합장을 따라 하자, 노 승려가 건에게 말했다.

"힌두의 삼주신 브라흐마의 사자에게 감히 티베트 불교의 라마가 인사드립니다."

영석이 드론 카메라 감독에게 지시하여 사원의 상공에서부터 촬영에 들어갔다. 웅장하고 아름다운 히말라야산맥 전체가 비추어지고 고즈넉한 뱀부 마을이 확대되었다.

마을 정 가운데에 하얀색과 붉은색이 조화를 이루는 거대한 사원이 나오고 정문에서부터 계단을 올라와 큰 스님이 있는 법당까지 순식간에 촬영한 드론이 법당 안에 있는 방석에 앉아 마주 보고 있는 큰 스님과 건을 비추었다.

채은은 건의 한 걸음 뒤에 방석을 깔고 엉거주춤 앉아 있었다.

큰 스님이 가사를 약간 젖히고 합장을 한 채 말했다.

"라마 하일케입니다."

건이 그의 분위기에 압도되어 넙죽 고개를 숙이며 조심스럽게 자신을 소개했다.

"케이입니다. 이쪽은 채은입니다."

큰 스님이 고개를 살짝 빼고 채은을 본 후 온화한 미소를 지었다.

"라마의 사원에 오신 것을 환영합니다. 힌두의 데바로서 쉽지 않으셨을 텐데요."

건이 손사래를 치며 말했다.

"아닙니다. 초대해 주셔서 감사합니다. 하지만 저는 힌두의 데바가 아닙니다. 데바가 뭔지도 잘 모르고요."

하일케가 인자한 미소를 지으며 말했다.

"달라이 라마 역시 환생을 하여도 각성까지 스스로에 대한 자각이 없지요. 붓다가 달라이 라마에게 각성을 주듯 당신도 언젠가는 자각을 하게 될 겁니다."

건이 한숨을 쉬며 말했다.

"그러니까…… 휴 스님 전 데바가 아닙니다."

하일케가 미미하게 고개를 끄덕이며 말했다.

"지금은 그런 것으로 하지요. 티모가 당신을 이곳에 초대한 것을 알면 화를 내며 달려올 테니 우선은 간단히 말씀드리겠습니다."

건이 자세를 바로 하고 경청하는 자세를 가지자 하일케가 일어나 양손을 펴며 말했다.

"곧 이 땅에 큰 위기가 닥칠 것입니다. 당신은 이 땅의 위기에 도움을 줄 수 있겠습니까?"

건이 엉거주춤한 자세로 하일케를 올려다보며 물었다.

"예? 위기요? 어떤……."

"그건 저도 알 수 없습니다. 붓다의 말씀은 선문답인 경우가 많으니까요."

건이 고개를 돌려 법당 밖에 서서 촬영 중인 영석을 보았다. 영석이 건과 눈을 마주치자 천천히 고개를 끄덕이는 것을 본 건이 하일케에게 말했다.

"무슨 위기인지는 모르지만 제가 힘닿는 곳이라면 돕겠습니다."

하일케가 건을 내려다보며 한 손으로 불상을 가리켰다.

"불교를 믿지는 않으시겠지만, 붓다의 앞에서 맹세하실 수 있습니까?"

건이 고개를 돌려 하일케가 가리킨 금으로 만든 불상을 보았다. 어릴 적 할머니를 따라간 절에서 본 한국의 불상과는 다르게 여덟 개의 손 중 네 개의 손은 펼쳐져 수인을 맺고 있고, 나머지 네 개의 손으로 여자 아기를 안고 있는 불상이었다.

건이 잠시 불상을 보며 고민하다 말했다.

"저는 종교가 없습니다, 붓다 대신 스스로에게 맹세할 수 있습니다. 만약 제가 할 수 있는 일이 있다면 그 안에서 최선을 다하겠습니다."

하일케가 인자한 웃음을 지으며 합장했다.

"그걸로 되었습니다. 제가 뵙기 위해 직접 가지 못하고 이리 누추한 곳까지 모셔서 죄송합니다. 그럼 사원을 둘러보시고 다시 길을 떠나세요."

인자한 미소와 달리 축객령을 내뱉은 하일케가 방석을 불상 쪽으로 돌려 앉으며 불경을 외기 시작했다.

멍하게 그 모습을 보던 채은이 살금살금 일어나 건의 어깨를 치며 나가자는 신호를 보냈다.

그제야 자리에서 일어나 불경을 외는 하일케와 불상을 번갈아 보던 건이 법당을 나섰다.

법당 밖에 대기하고 있던 프라빈의 안내를 받아 사원의 이곳저곳을 구경하고, 비질을 하던 스님에게 빗자루를 받아 마당도 쓸어보는 등 촬영을 위한 그림을 모두 딴 뒤 사원을 나서는 일행에게 프라빈이 말했다.

"오늘 방문해 주셔서 감사합니다. 부디 가시는 걸음에 평화가 있으시길."

정중히 합장하는 프라빈에게 인사를 한 건과 채은이 모찌로 돌아왔다.

채은이 모찌 앞에 있는 벤치에 앉으며 볼을 부풀렸다.

"뭐야, 그 큰 스님이란 사람, 그렇게 짧은 이야기를 하려고 우릴 부른 거야? 자기가 오면 되지, 쳇!"

영석이 카메라를 내리며 AD에게 말했다.

"테이프 전달할 때 방금 채은 씨 이야기는 편집해. 채은 씨 종교 문제는 민감하니, 그런 발언은 가급적 하지 마요. 한국에는 아직 불교 신자가 많으니까."

채은이 불만스러운 표정으로 말했다.

"저도 종교는 없어요, 엄마가 기독교이긴 하지만. 이건 종교 문제가 아니라 왜 사람을 오라 가라 하는 거냐고 하는 말이에요. 별로 대단한 이야기한 것도 아니면서."

건이 웃으며 채은의 옆에 앉았다.

"대단한 이야기였어, 누나. 네팔에 위기가 닥치면 도와줄 거냐는 말이었다고."

"알아, 나오면서 이야기 들었어. 근데 그게 무슨 뜬구름 잡는 소리야? 지가 월드컵 우승국 맞추는 문어도 아니고, 예언이라도 하는 거야, 뭐야?"

"하하, 그거랑 좀 다르지만……."

"위기는 무슨 위기, 우리 며칠 뒤에 한국으로 돌아가는데 무슨."

결국, 영석이 끼어들어 말했다.

"자, 이 이야기는 그만. 분량 뽑아야 하니까 다음 마을로 갑시다."

카메라 감독들이 다시 촬영을 시작하자, 영석이 촬영 스텝들을 보며 말했다.

"녹화 딸게요. 자, 히말라야의 노래에서 고생하고 있는 두 분. 오늘의 미션을 설명해 드리겠습니다. 뱀부와 가장 가까운 마을은 시누와(Shnuwa)지만, 너무 가까우니 오늘은 지누단다(Jhinu danda)까지 갈 겁니다. 해발 1,780m에 있는 마을이니 벌써 반 이상 내려왔네요. 네팔어로 '지누'는 '작다'라는 뜻이고 '단다'는 '언덕'이란 뜻이래요. 그곳은 작은 마을이지만 히말라야에서는 최고 수준의 로찌가 있습니다. 거기에 야외 온천도 있지요."

채은이 반색하며 말했다.

"온천이요? 와앗, 좋다!"

영석이 어색한 표정을 지으며 말했다.

"원래 기획 의도대로라면 여러분은 지금쯤 씻지도 못하고 꼬질꼬질한 모습이 나가고 있어야 하는데…… 이거 원 호텔 방에서 잘 먹고 잘 자니 한국에서보다 지금이 훨씬 더 건강해 보이네요."

채은이 무슨 소리냐는 듯 영석을 째려보며 자신의 옷을 잡아당겼다.

"그게 무슨 말이에요, 지금 이 옷! 이거 며칠째 입고 있는 줄 아세요? 냄새난단 말이에요!"

건이 문득 생각났다는 듯 물었다.

"그런데 감독님. 우리 어제 미션 성공 보상 안 받았는데요?"

영석이 한숨을 쉬며 고개를 숙였다.

"아니, 돈도 많으면서 꼭 보상 챙겨야겠어요?"

건이 웃음을 지으며 말했다.

"돈은 우리가 정당하게 일해서 번 거고, 미션 보상은 다른 이야기죠. 빨리 내놔요, 시청자분들한테 사과 방송 하고 싶으세요? 히히."

영석이 하는 수 없다는 듯 말했다.

"원래 미션 보상은 코펠과 라면이었습니다……. 휴, 전혀 필요가 없네요."

채은이 득달같이 달려들며 말했다.

"그게 무슨 생존 키트에요! 옷 줘요, 내 옷!"

영석이 한숨을 쉬며 말했다.

"휴, 캐리어는 이미 헬기가 실어가서 옷은 못 드립니다만, 대신 제작진이 네팔 전통 의상을 두 분 다 한 벌씩 사드리면 어떨까요?"

채은이 한 손을 올리며 웃었다.

“좋아요! 그런데 하나만 더! 속옷도 사줘요!”

영석이 고민한 후 여성에게 속옷을 못 갈아입는 것은 고통일 거라는 생각이 들었는지 이내 고개를 끄덕였다. 신난 채은이 건의 손을 잡으며 어서 옷을 사러 가자고 재촉했다.

마을에 옷 가게가 몇 개 되지 않아 금방 옷을 고른 두 사람이 패션쇼를 하는 장면을 재미있게 찍고, 뱀부 마을을 배경으로 해 영화 등장 신을 패러디하는 등 웃기는 장면으로 분량을 확보한 일행이 버스를 타고 지노단다로 향했다.

처음 버스를 탔을 때보다 낮은 곳으로 많이 이동해서 그런지 길은 그리 험하지 않았다. 몇 번 크게 덜컹거리긴 했지만 그나마 참을 만했던 채은이 지노단다에 도착해서는 밝은 표정으로 내렸다. 지노단다의 모찌에서의 숙박비는 제작진이 내게 되었다.

땡전 한 푼 없는 무전여행 끝에 제작진이 위로의 하루를 선물해 준다는 컨셉으로 미리 예약을 해둔 곳이었는데, 이미 예약해 둔 곳이라 할 수 없이 사용할 수밖에 없었다.

지노단다의 노천 온천은 일본의 노천 온천과 다르게 거대한 계곡이었다. 계곡 주변에 탕처럼 만들어둔 곳이 있었고, 계곡에서 씻으면 무료, 탕에 들어가면 유료였다.

단, 계곡에서는 바가지로 물을 퍼서 씻는 것만 허락되었고, 물에 몸을 담그는 것은 금지되어 있었다. 건과 채은이 노천 온

천용 옷을 빌려 입고 노곤해진 몸을 온천에 담그며 즐겁게 목욕하는 장면이 촬영되고, 이곳에서 건의 상의 노출이 있었다.

영석은 처음 공개되는 건의 상의 탈의에 큰 신경을 썼다. 걱정과는 달리 군에서 꽤 운동을 하고 나온 건은 말랐지만 잘 갈라진 근육을 가지고 있었다.

채은은 여자들이 가장 좋아하는 근육이라며 치켜세웠고, 건은 손가락으로 자신의 몸을 찔러보는 채은 덕에 연신 얼굴을 붉혔다.

밤에 아름다운 지노단다 모찌의 테라스에서 인터뷰를 딴 후 모두 로비에 모여 내일 일을 상의하는 촬영이 진행되었다. 카메라가 준비되자 영석이 말했다.

"내일은 샤울리 바자르(Syauli Bazar)로 갑니다. 내일 그곳에 도착 후 그다음 날 나야 풀(Naya Pul)까지 가면 원정이 마무리 될 거예요. 나야풀은 대 도시라 한 3일 정도 머물 것이고, 거기서 포카라로 이동한 후 포카라 공항에서 한국으로 돌아가게 될 겁니다."

건이 장난스러운 표정으로 물었다.

"내일 미션 성공 보상은 뭔가요?"

채은도 장난스러운 표정으로 말을 보탰다.

"맞아요, 내일은 뭐에요? 또 필요 없는 거 주려고 하시는 건 아니겠죠?"

영석이 머리가 아픈지 고개를 세차게 흔들며 말했다.

"내일부터는 생존 키트를 좀 변경하려고 합니다. 아직도 돈이 좀 남으셨죠? 대충 계산해 봐도 여러분을 더 고생시킬 방법이 없네요. 제작진이 회의를 좀 해보겠습니다. 엇?"

영석이 말을 하는 도중 모찌의 건물이 흔들리기 시작했다. 조금씩 진동으로 느껴지던 움직임이 조금씩 커지자, 영석이 테이블을 붙잡고 외쳤다.

"모두 가구 아래로 들어가요! 빨리!"

건이 채은의 손을 잡고 황급히 테이블 아래로 몸을 날렸다. 천장에서 돌가루가 떨어지고, 땅이 조금씩 흔들렸다.

카메라 감독들은 각자 가구 아래로 몸을 숨기면서도 촬영을 멈추지 않았다. 영석만이 가구 밖에서 주위 상황을 체크하다가 진동이 조금씩 잦아들자 밖으로 뛰어나갔다. 건에게 안겨 테이블 아래에 있던 채은이 불안한 눈빛으로 물었다.

"뭐야, 갑자기…… 이거 혹시 지진이야?"

건이 몸으로 채은을 보호하며 주위를 돌아보았다.

"어, 그런 것 같긴 한데, 큰 지진은 아닌 것 같아. 다행이네."

건과 채은이 약 30분이 넘는 시간 동안 테이블 아래에 몸을 숨기고 있었다.

AD가 몸을 밖으로 빼며 소리쳤다.

"완전히 안전하다는 신호가 오기 전까지는 모두 지금 위치에서 대기해 주세요!"

AD는 다른 사람들에게 대기하라는 말을 하면서 정작 자신은 영석이 뛰어나간 밖으로 몸을 날렸다. 다시 30분의 시간이 흐른 후 영석과 AD가 로비로 들어오며 말했다.

"이제 나오세요."

건이 채은의 손을 잡은 채 밖으로 나오며 물었다.

"형, 뭐에요? 이제 괜찮아요?"

영석이 위성 전화를 들며 손을 흔들었다.

"어, 진원은 이쪽이 아닌 것 같아, 잠깐만 통화 좀 하고."

모두가 위성 전화를 걸고 있는 영석을 주목하였다. 영석은 한참 신호가 가는 것을 기다렸다 말했다.

"어, 나다. 여기 지금 전기 안 들어와서 그런데, 카트만두 쪽은 어때?"

"뭐? 대지진? 어디서? 카트만두 서쪽 80㎞ 지점? 거기 고르카 아니야?"

"어! 어, 알았다. 한 시간에 한 번씩 전화 연결해!"

전화를 끊은 영석이 심각한 표정으로 말했다.

"고르카에서 대지진이 발생했대. 이 먼 곳까지 여파가 있는 걸 보니 큰 지진 같다."

건과 채은이 넋이 나간 표정으로 영석을 보았다.

◈ 5장 ◈
지진 속에 피어난 꽃(1)

지진의 영향 속에 불안한 밤을 보낸 건이 새벽부터 일어나 모찌의 테라스로 향했다.

건이 불안한 마음에 바람을 쐬려다 테라스 밖에서 들려오는 영석의 고함 소리에 걸음을 멈추고 귀를 기울였다.

"아니! 사장님! 그게 말이 됩니까? 지진이 한 번 나면 여진이 또 올 수 있다고요! 지금 연기자들 데리고 고르카로 가라는 게 사람이 할 말입니까?"

건은 영석의 고함에 다른 사람이 깰까 싶어 급히 테라스의 문을 닫고 밖으로 나갔다.

건의 눈에 테라스의 안전바를 잡고 창밖에 펼쳐진 풍경 쪽으로 몸을 돌린 채 위성 전화를 하는 영석이 들어왔다.

"촬영팀은 이게 일이라고 쳐요! 연기자들은 어쩝니까? 사전 계약도 안 된 상황이잖아요, 위험지역에 들어가는 촬영이었으면 사전에 양해를 구하고 동의서를 받아야죠, 아무리 화제가 좋다지만 너무 위험합니다!"

영석이 답답한 듯 가슴을 치며 말했다.

"아니, 상식선에서 이야기하셔야지요, 사장님. 한번 사정 봐달라고 하셔서 될 일이 아니지 않습니까? 아무리 신생 방송국에 인지도가 필요하다지만, 그게 말이 됩니까? 차라리 제가 촬영팀 중 동의하는 일부만 데리고 고르카에 가서 취재하겠습니다!"

영석이 몸을 돌리다 테라스에 서 있는 건과 눈이 마주쳤다. 영석은 한 손을 들고 잠시 기다리라는 신호를 보내며 계속 전화에 고함을 질렀다.

"취재팀이 이미 출발했으면, 그쪽에서 그림 따면 되는 거잖아요! 이거 예능입니다, 예능! 여진까지 끝나고 안전하다는 확인 후에 잔해를 치우고, 돕고 하는 감동적인 그림 따면 몰라도, 바로 어젯밤에 일어난 지진인데 오늘 어떻게 들어갑니까? 오늘 아침 뉴스 안 보셨어요? 새벽에도 또 여진 일어난 거!"

상대방도 무언가 이야기를 하는지 잠시 영석이의 이야기가 끊겼다.

"첫 지진 강도가 7.9였고 여진이 7.2였어요! 만약 다시 한번 여진이 일어나고 거기에 우리 팀이 있다고 생각해 보세요, 누구 하나 다치기라도 하면요? 아니, 다치고 끝나면 다행이죠, 진짜 누구 하나 골로 가면 그거 책임지실 수 있어요?"

건이 통화하는 영석을 보며 조용히 의자 하나를 끌어다 앉았다. 영석이 통화를 하는 안전바 반대편에 앉아 풍경을 보던 건이 팔짱을 끼며 생각에 잠겼다.

'같은 나라이지만, 여긴 평화롭구나. 지진이 난 곳은 대도시라던데, 거기 사람들은 얼마나 불안하고 힘들까?'

건의 눈에 히말라야산맥 위를 유유히 흐르는 구름이 들어왔다.

'하일케 스님의 말이 이것이었을까? 나의 힘이 닿는 선 안에서 돕는다고 했었는데…… 대지진에 내 힘이 무슨 소용이지…… 난 그저 작은 인간일 뿐인데…….'

풍경을 보며 생각에 잠긴 건의 귀로 영석의 뾰족한 고함이 다시 들려왔다.

"연기자들은 못 갑니다! 그렇게 아세요! 그걸 저보고 어떻게 말하라고 하시는 거예요? 대지진이 났다, 위험하다, 그런데 방송사는 화제가 필요하니 위험지역에 들어가자고 말해요? 소속 회사들이 가만히 있을 것 같아요? 아 됐고, 촬영팀 중에서도 동의하는 친구들만 데려갑니다. 내용은 제가 알아서 할 테니 그렇게 아세요! 끊습니다!"

영석이 테라스에 있는 테이블 위에 내팽개치듯 전화기를 내려놓고는 주머니에서 담배를 꺼내 불을 붙였다. 밖을 보며 깊게 담배를 들이마신 영석이 건을 힐끗 보며 말했다.

"채은 씨한테는 말하지 마라, 내가 말할 테니까."

건이 연기를 내뱉고 있는 영석을 보며 씁쓸하게 웃었다.

잠시 침묵을 지키고 있던 건이 조심스럽게 말했다.

"형…… 난 가보고 싶어요."

영석이 담배를 입으로 가져가다 몸을 굳혔다. 잠시 침묵하던 영석이 다시 담배를 입에 물며 고개를 저었다.

"안 돼, 너무 위험해. 나야 언론인이니까, 이게 일이라고 해도, 넌 아니야. 뭐, 사실 나도 예능 PD지, 특파원이 아니니까 엄밀히 말하면 내 일도 아니지만, 지분 받고 이사급으로 들어간 회사니까 난 해야지."

건이 조용히 히말라야의 풍경을 보며 말했다.

"하일케 스님이 했던 말…… 들으셨죠?"

영석이 연기를 뿜으며 세차게 고개를 저었다.

"뜬구름 잡는 이야기였을 뿐이야. 그리고 이건 네 힘으로 도울 수 있는 일도 아니고."

건이 잠시 침묵하다 입을 떼었다.

"그냥, 돌 하나라도, 무너진 나무 한 그루를 옮기는 수많은 손 중 하나의 손이라도 도와보고 싶어요, 나 자신에게 한 약속이었으니까."

영석이 피식 웃으며 말했다.

"어차피 거기 가도 그런 일밖에 못 해. 아니다, 정부가 통제하고 있으면 가봐야 가까이 다가가지도 못할지도 몰라. 포카라까지 가는 거 촬영하는 동안 급박한 국가 분위기는 자연스럽게 실릴 테니까, 그거만 따도 프로그램은 잘 될 거다. 그러니 포카라 공항에서 채은 씨와 함께 출국해."

건이 영석의 옆 모습을 보며 말했다.

"나야풀은 큰 도시라 3일 정도 머문다고 했죠? 거기서 상황을 지켜보고 통제가 풀리고 복구작업이 시작된다면 채은 누나만 보내고 저는 남으면 안 될까요?"

영석이 담배를 깊게 빨아들인 후 멀리 보이는 산을 보며 생각에 잠겼다. 건은 그런 영석의 옆 모습을 보며 조용히 기다렸고, 한참의 시간이 흐른 후에야 영석이 눈을 돌려 건을 빤히 보았다.

건이 영석과 눈을 맞추자 영석이 건을 뚫어지게 보며 말했다.

"진심이야?"

"네 형."

"위험해."

"알아요, 형."

"그냥 다치는 수준이 아니야, 죽을 수도 있어, 이 녀석아."

"나 죽으면 형도 죽잖아요, 외롭진 않겠죠. 하하, 나만 한국에 돌아가서 남은 형이 다쳤다는 소식 듣고 괴로워하는 것보다 차라리 나은 것 같기도 하고…… 하하."

영석이 건을 빤히 바라보았다. 건 역시 지지 않으려는 듯 영석을 보았다. 한참 서로 눈을 맞추던 두 사람이 동시에 피식 실소를 지었다. 영석은 담배를 하나 더 꺼내 불을 붙이며 말했다.

"이놈에 담배도 끊어야 하는데…… 후우! 그래 가자, 일단 위성 전화로 집에 괜찮다고 전화나 해."

건이 반색하며 재빨리 위성 전화로 집에 전화를 걸었다. 호들갑을 떠는 영화를 안심시킨 건이 자초지종을 이야기하자 당연히 불같은 반대에 부딪혔다.

고집을 부리는 건을 말리지 못한 영화가 결국 시화를 바꿔줬고, 시화가 울면서 돌아오라고 했지만, 건은 요지부동이었다. 결국, 30분이 넘는 통화로 가족을 설득한 건이 한숨을 쉬며 전화를 끊었다

담배를 세 가치나 피우며 건의 통화 내용을 듣고 있던 영석이 말했다.

"뭐래?"

"다 들으셔놓고 뭘 물어요, 난리 났죠, 여하튼 간다고 말은 해놨어요."

"참나, 너도 고집 한번 황소 심줄 같다."

"하하, 그러게요. 채은 누나한테는 뭐라고 하실 거예요?"

"상황 설명하고, 기존 스케줄은 다 끝내야지. 그리고 포카라 공항에서 한국으로 보낼 거야."

"그렇군요, 그럼 전 아무 말 안 하고 있을게요."

"뭘 아무 말 안 해? 다 들었거든?"

갑자기 들려온 채은의 목소리에 두 사람의 고개가 홱 돌아갔다. 테라스 문가에 있는 커튼 뒤에 몸을 숨기고 있던 채은이 허리춤에 손을 올리고 걸어 나왔다.

"어딜 나 빼고 둘이 만 가려고! 나도 갈 거야!"

영석이 손바닥을 보이며 말했다.

"워, 워. 채은 씨. 이거 놀러 가는 거 아니에요. 채은 씨 회사랑 이야기도 안 됐고, 또 너무 위험해요."

채은이 허리춤에 손을 올린 채 말했다.

"2008년 쓰촨성 대지진 기억하시죠?"

"아, 네. 중국에서 있었던 지진이었죠, 그게 왜요?"

"강도 8.0에 네팔보다 더 지독한 지진이었어요. 당시 대학생이었던 전 거기 자원봉사를 간 경험이 있고요, 사망자 수가 6만 명이 넘었던 대지진이었어요. 저도 분명 도움이 될 수 있을 거예요."

"아니, 채은 씨 그때는 여진이 끝나고 안전하다는 판단하에 구조팀이 들어간 다음 자원봉사를 하신 거고, 지금 여긴 아직 여진이 더 생길 수도 있다는 거 아시잖아요? 쓰촨성 대지진 때도 24시간 동안 여러 번의 여진이 있었다는 거 모르세요? 아직 지진 발생 후 24시간이 안 지났어요."

"다 들었다니까 그러시네. 나야풀에서 3일 기다린다며, 그 안에 여진이 있으면 못 들어갈 거고, 여진이 없으면 들어간다는 거 다 들었어요. 나도 갈 거니까 그렇게 아세요."

영석이 손으로 눈을 가리며 말했다.

"채은 씨 회사랑 이야기도 안 됐다니까요, 이러면 계약은 어쩌시려고요……."

채은이 코웃음을 치며 말했다.

"당사자가 괜찮다는데 누가 뭐라 그래요? 강제하신 것도 아니고, 회사 쪽은 제가 알아서 말할게요, 우리 회사도 큰 회사가 아니라서 너무 위험하지 않다면 이런 기회를 놓치고 싶지 않을 거예요."

이번에는 건이 채은을 만류했다.

"누나, 화제성 만드는 거라면 한국 돌아가서 내가 도와줄게, 여긴 그러기엔 너무 위험하잖아."

채은이 손가락을 말아 건의 이마에 딱밤을 날리며 말했다.

"뭐래, 화제성은 회사 입장이고, 난 아니야. 어릴 때였지만 쓰촨성 때의 참상은 잊히지 않아. 절망에 빠진 사람들에게 조그마한 힘이라도 보탤 수 있다면, 또 지금처럼 타이밍도 딱 맞아떨어진다면 절대 피하지 않을 거야."

건이 새삼스러운 눈으로 채은을 보자 채은이 고개를 들고 콧대를 세운 후 턱을 괴며 말했다.

"어때? 동생 주제에 맨날 오빠같이 구는 김 건 씨? 이 누나가 좀 존경스러워 보여?"

건이 귀엽게만 보이는 채은을 보다가 의자에서 일어나 채은의 머리를 쓰다듬으며 말했다.

"그래, 누나. 멋지다."

채은은 큰 키의 건이 자신을 내려다보며 머리를 쓰다듬자 얼굴이 빨개졌다. 고개를 약간 들고 건을 올려다보던 채은이 영석도 함께 있음을 깨닫고 화들짝 놀라며 건의 손을 치웠다.

"뭐, 뭐야! 치워! 자꾸 오빠처럼 굴래? 나보다 열 살도 넘게 어린 것이!"

건이 웃음을 지으며 주머니에 손을 넣고 말했다.

"하하, 귀여워서 그래, 귀여워서!"

"그게 문제얏! 넌 동생이고! 난 누나야! 엉?"

"하하, 알았어, 알았어."

건이 얼굴이 빨개진 채 삿대질을 해대는 채은과 장난을 치다 담배를 피우고 있는 영석에게 물었다.

"스탭들이랑 상의하셔야죠?"

영석이 테라스의 안전바에 담뱃불을 비벼 끄며 말했다.

"그 녀석들, 전 방송사에서 나 따라온 녀석들이야. 다 따라온다고 할 거다. 걱정 마."

그때 테라스 문이 열리며 스탭들이 우르르 들어왔다. 영석이 놀란 눈으로 그들을 보자 AD가 나서며 말했다.

"마지막 말 안 하셨으면 서운할 뻔했습니다?"

영석이 삿대질을 하며 말했다.

"뭐야? 네 녀석들도 다 듣고 있었어?"

AD가 씩 웃으며 말했다.

"아니, 새벽부터 그렇게 고함을 질러대는데 무슨 수로 안 와 봐요? 안 그래도 다들 예민한 상태인데."

영석이 스탭들 한 명 한 명에게 눈을 맞추었다. 모두가 미소를 지으며 눈이 마주칠 때마다 미미하게 고개를 끄덕이거나, 엄지손가락을 들었다. 영석이 모두와 눈을 맞춘 후 건과 채은까지 돌아보았다.

천천히 몸을 돌려 테라스 밖으로 끊임없이 펼쳐진 히말라야산맥을 보던 영석이 말했다.

"좋아, 모두 같이 간다."

◈ 6장 ◈

지진 속에 피어난 꽃(2)

샤울리 바자르(Syauli Bazar)를 거쳐 나야풀(Naya Pul)에 도착한 일행은 그동안 여행의 컨셉에 충실히 임했지만, 네팔 국가적 위기 분위기로 인해 촬영이 쉽지 않았다.

나야풀의 대도시 호텔에서 한국에서 제작된 예고편을 본 일행들이 예고편에 나온 숭배를 받고 있는 남신 같이 보이는 건의 모습을 보며 오랜만에 웃음을 지었다.

한국에서는 네팔 대지진을 보도하는 중 이 예고편이 나가게 되어 엄청난 화제가 되었다.

각종 포탈 뉴스에서 복귀 방송을 하는 건이 네팔 대지진에 휘말렸다는 화제성 기사를 양산해 내며, 많은 사람의 관심이 집중되고 있었다.

건과 제작진이 무사하다는 것을 아는 MVN 회사 측은 늘어나는 케이블 TV 수신 신청서를 보고 입이 귀에 걸려 있었다.

IPTV는 지상파 무제한 보기가 유료 서비스되고 있고, 그 외의 케이블 방송사는 개별로 무제한 보기를 월정액 형식으로 판매하고 있었기에 즉각적인 확인이 되는 것이었다.

MVN 측은 화제의 중심에 서자 시간 단위로 영석에게 위성 전화를 걸어 상황 보고를 받았다. 나야풀에서 3일을 보내는 동안 첫날 새벽의 여진 이후에는 추가 여진이 없는 것을 확인한 제작진이 나야풀로 진입할 것을 결정했다. MVN 측은 고의로 기사를 흘려 기자들에게 전해졌고, 일파만파 화제의 중심에 더욱 가까워지는 히말라야의 노래였다.

아직 첫 방송이 나가지 않았지만, 건이 남신으로 추앙받는 예고편과 대지진 3일 후에 즉시 지진 근원지에 진입한다는 뉴스까지 더해진 히말라야의 노래는 방송 전부터 뜨거운 관심을 받았다.

영석은 위성 전화로 이 소식을 전달받으며 한편으로는 기분이 좋았지만, 또 한편으로는 씁쓸함을 감추지 못했다.

AD는 바쁘게 한국 대사관을 바쁘게 뛰어다니며 촬영 허가를 받으러 다녔고, 건과 채은은 오래 이어진 트래킹의 피로를 푸는 형식의 촬영을 계속했기 때문에 주로 호텔 내에서만 움직였다.

AD는 수완이 좋았는지 국제 구호 활동 단체인 유니체프(unichef)와 연계하는 조건으로 촬영 허가를 받아내었다.

마침내 촬영 허가가 떨어지자 영석이 일행을 모아 지프를 타고 고르카로 향했다. 일시적으로 국내선 비행이 금지되어 비행기를 타지 못한 일행이 긴 차량 이동으로 지쳐갈 때쯤 멀리 현지 경찰의 통제 라인이 보였다.

건의 눈에 지진이 없었다면 고즈넉한 언덕에 다랭이 논이 평화롭게 이어져 있었을 것 같은 고르카 마을의 참상이 보였다. 지진이 일어난 지 며칠이 지났음에도 아직 자욱한 먼지에 휩싸인 마을은 사람들의 비명과 고함 소리, 어린아이들의 울음소리로 가득했다. 단 한 채의 집도 성해보이는 집이 보이지 않는 고르카 마을은 황폐한 먼지만이 가득했다.

심바가 나서 현지 경찰들에게 통역하며 촬영 허가서를 보여주자 머리에 걸 수 있는 출입증을 받을 수 있었다.

일행이 촬영증을 머리에 걸고 차량을 출발시켰으나 곧 제지를 받았다. 도로가 갈라진 곳이 많아 차량 진입이 어렵다는 것이었다. 영석이 차에서 내리며 말했다.

"차는 여기까지입니다! 마을이 저기 보이니까, 좀 걸어가죠."

영석의 지휘하에 안전을 확인하며 천천히 진입한 일행이 마을 입구에 도착했다. 카메라 감독들이 ENG 카메라를 들고 흩어졌다.

드론 감독은 공중에 뜬 드론이 다른 방송사의 드론과 충돌하지 않도록 조절하며, 촬영을 진행하였고, 건과 채은에게는 각자 한 명의 카메라 감독만이 붙었다.

채은이 놀란 눈으로 마을을 살펴보다 어린 여자아이가 바위에 앉아 울고 있는 것을 보고 급히 다가갔다.

"어머, 얘 먼지 좀 봐! 얘! 너 괜찮니?"

한국어로 말하는 채은의 말을 알아들을 리 없는 소녀가 큰 눈망울에 가득 고인 눈물을 떨구었다.

주위에 어른이 없는 것을 본 채은이 건에게 말했다.

"건아, 난 아이들 좀 확인할게, 넌 너대로 움직여."

"응, 누나. 조심하고, 아직 지붕이 남아 있는 집 쪽으로는 가지마, 언제 무너질지 모르니까."

"알았어, 너도 조심해."

건이 언덕길을 걸어 올라가며 무너진 집들 사이에 넋을 놓고 앉아 있는 사람들을 보았다. 멀리서 무언가 소란스러운 소리가 나는 것을 들은 건이 발걸음을 빨리했다.

여러 명의 남자가 바위에 깔린 아주머니를 꺼내기 위해 바위를 들고 있었다.

바위에 깔려 고통스러운 표정을 짓는 아주머니는 비명을 지르기도 지쳤는지 그저 눈을 꾹 감고 인상을 찌푸리고 있었다.

건이 황급히 다가가 남자들 사이를 비집고 들어가 손을 보태었다. 네팔 남자들은 갑자기 들어온 동양인을 보았지만 급한 상황이라 고함을 지르며 바위를 들어 올리려고 최선을 다했다. 건 역시 젖 먹던 힘을 다해 바위를 들어 올렸다.

"끄응, 차!"

바위는 조금씩 들썩거렸지만, 들리지 않았다. 영석이 달려와 손을 보태고 촬영 중이던 카메라 감독까지 카메라를 거치하여 촬영 모니터를 확인한 후 손을 거들자 바위가 굉음을 내며 들렸다.

발을 동동 구르며 옆에서 지켜보던 아주머니들이 바위에 깔렸던 아주머니를 밖으로 끌어당겼다. 아주머니의 하체는 이미 걸레가 되어 있었지만, 다행히 허벅지 중간 아래부터 깔렸는지 생명은 건진 것으로 보였다.

건이 몸을 숙여 등을 보이며 외쳤다.

"업을 수 있게 도와주세요! 엠뷸런스가 못 올라와요, 들고 내려가야 합니다!"

영어로 말했기에 네팔 사람들은 알아들을 수 없었지만, 건의 몸짓을 본 남자들이 눈치를 채고 아주머니를 들어 건의 등에 업힐 수 있도록 했다.

자신의 등에 업혀 고통스러운 신음을 내는 아주머니를 둘러업은 건이 벌떡 일어나며 말했다.

"아주머니, 조금만 참아요, 금방 병원에 데려다줄게요!"

건이 아주머니를 업고 내리막길을 달리기 시작했다. 영석과 카메라맨이 뒤를 재빨리 따라붙었다.

내리막길을 뛰어가는 건의 눈에 절망에 차 울부짖고 있는 수많은 사람이 들어왔다. 부모를 잃었는지도 모르고 그저 배가 고파 울어대는 어린 아기들, 먼지가 잔뜩 쌓여 하얗게 변한 머리로 멍하게 바위 위에 앉아 있는 노파, 바닥에 무릎을 꿇고 눈물을 흘리며 하늘을 향해 기도를 올리고 있는 아주머니, 미친 듯이 잔해를 뒤지며 누군가의 이름을 불러대는 아저씨.

건이 이를 악물었다. 눈물이 날 것 같아 입술에 피가 나도록 이를 악물고 뛰어내린 건이 경찰의 통제라인을 뛰어넘어 대기하고 있던 구조 요원에게 다가갔다.

"여기! 바위에 깔려 있던 아주머니입니다!"

구조 요원들은 지도를 보고 회의를 하는 중 건이 데려온 아주머니를 보자, 여러 명이 들러붙어 앰뷸런스로 옮겼다. 건이 다시 뛰어 올라가려는 것을 본 구조 요원이 영어로 다급하게 말했다.

"우리와 같이 올라갑시다!"

건이 잠시 그들을 기다리자, 몇십 초 지나지 않아 장비를 잔뜩 진 구조 요원 여섯 명이 따라나섰다. 건과 함께 뛰어 올라온 그들이 흩어져 각자의 일을 하기 시작했다.

건은 다시 아주머니를 꺼낸 장소로 뛰어 올라갔다. 장시간

힘을 쓴 네팔 남자들이 지쳤는지 바위에 널브러져 있는 것이 보였다.

그 날 건은 해가 지고 나서까지 잔해를 치우며 부상자를 옮기고, 사망자의 시신을 수습했다.

새벽 두 시까지 이어진 구조 작업은 너무 어두워 아무것도 보이지 않는 저녁 여덟 시에 잠시 멈췄지만, 곧 대형 조명을 가져온 정부 직원이 조명을 설치하자 작업이 재개되었다.

새벽 두 시 반이 조금 넘는 시간. 마을 아래에 있는 임시 텐트로 지친 몸을 끌고 들어온 건이 수돗가에 물을 틀자 누런 구정물이 나왔다.

한참 수도꼭지를 틀고 물을 흘려보내고 나서야 맑은 물이 나왔다. 간단히 세수하고 먼지가 가득 앉아 하얗게 보이는 머리를 대충 물로 헹군 건이 텐트 안으로 들어왔다.

텐트 안에서 건과 마찬가지로 먼지를 가득 뒤집어쓴 채은이 뜨거운 커피를 마시고 있다가, 건을 보며 일어나 말했다.

"건아! 어디 다친 곳은 없어? 아까 보니까 사람 업고 막 뛰어 내려가던데."

건이 힘없는 표정으로 미소를 지으며 말했다.

"응, 난 다친 곳 없어. 누나는?"

"난 일 많이 못 했어. 위험하다고 자꾸 말리는 바람에. 혼자 다니는 아기들 모아서 보호하고 있다가 구호 단체 쪽으로 인계

해 주는 일만 주로 했거든."

"그랬구나…… 하아, 누나 쓰촨성 대지진 때 봉사 활동했다고 했지? 그때도 이랬어?"

"아니, 그때는 지진 나고 3주나 지난 다음이었으니까, 이미 구조될 사람은 구조되고, 잔해 아래 깔려 돌아가신 분들 시신을 수습하거나, 마을 복구작업을 돕는 수준이었지, 이렇게 급박하게 돌아가는 현장은 아니었어."

건이 한쪽에 설치된 간이 침상에 털썩 몸을 눕히며 손으로 얼굴을 가렸다.

"이 정도일 거라고는 생각 못 했어. 상상했던 것과 너무 달라. 어떻게 이런 일이……."

채은이 커피 한 잔을 새로 타며 말했다.

"그래, 구조 현장을 처음 본 사람들은 같은 생각을 한다더라. 나 역시 그런 생각이 들었어."

채은이 커피를 내밀자 몸을 일으켜 커피를 한 모금 마신 건이 텐트 밖을 보았다.

"아직 저기 아래에 살아 있는 사람이 있을지도 몰라. 그런데 난 너무 약해서 더는 힘이 없어. 방해만 될 뿐이야. 난 너무 힘이 없어. 크흑……."

건이 텐트 밖을 보며 몸을 들썩이기 시작했다. 채은이 침상으로 다가와 건의 옆에 앉았다.

몸을 들썩이며 울고 있는 건의 어깨를 안아주던 채은이 말했다.

"나 역시, 나 역시 같은 생각이야. 우린 너무 작고 보잘것없구나."

채은마저 조금씩 울기 시작하자, 텐트 안은 두 사람의 나지막한 울음소리로 가득해졌다.

밖에서 텐트 안으로 들어오려던 영석이 두 사람의 울음소리를 듣고 텐트 앞에 우두커니 서 있었다. 영석 역시 일을 돕다가 지쳐 보이는 모습이었지만 차마 자기보다 한참 어린 두 사람의 울음소리를 듣고 평정심을 유지할 수 없었던 영석이 주머니에서 담배를 꺼내 피웠다.

아직 환한 조명 아래 장비들이 줄지어 들어가고 있는 현장의 모습을 보며 담배를 피우던 영석의 눈이 깊어졌다. 여기저기 잔뜩 먼지를 뒤집어쓴 영석이 세수를 하고 텐트에 들어갔을 때는 울다 지친 채은과 건이 곤히 잠들어 버린 다음이었다.

침상에서 자고 있는 채은을 배려한 듯 바닥에 몸을 말고 자는 건을 살짝 흔들어 깨운 영석이 말했다.

"건아, 옆에 일인용 텐트 있으니까, 거기 가서 자. 여긴 대책본부 텐트라 사람들 왔다 갔다 할 거야."

방금 잠이 들었는지 부스스하게 일어난 건이 눈을 비비며 물었다.

"형, 지금 오신 거예요?"

"응, 좀 전에 와서 씻고 왔다. 채은씨도 깨워서 같이 가."

"네, 형. 형도 좀 주무 세요. 힘드실 텐데."

"그래 알았다, 걱정 말고 자도록 해."

건이 채은을 깨워 일인용 텐트로 들여보내 준 후 자신도 다른 텐트에 들어가는 것을 지켜보던 영석이 다시 담배를 꺼내 불을 붙이며 지진 현장을 바라보았다.

영석이 내뿜는 담배 연기 속에 비친 아수라장은 밤이 늦어도 환한 조명으로 인해 대낮 같아 보였다. 영석이 담배 연기와 함께 깊은 한숨을 내쉬었다.

"휴우……."

♪♪♩

다음 날 오전이 되자 국제 구호 단체와 민간 구호 단체의 사람들이 현장으로 몰려오기 시작했다. 각종 장비와 구호 물품을 옮기고 있는 사람들을 본 건과 채은이 팔을 걷어붙이고 돕기 시작했다.

영석 역시 카메라가 촬영하고 있다는 것도 잊은 채 열심히 일을 돕고 있었다.

세계 각지에서 몰려든 기자들이 이 모습을 촬영 중 미국의

PD가 건을 발견하고 소리쳤다.

"케이다! 저 사람 케이 맞지?"

미국의 기자들이 PD의 이야기에 모든 카메라를 건에게로 돌렸다. 카메라 속의 건은 잘 차려입고 항상 멋진 모습으로 공연장에 나타나던 케이가 아니었다.

먼지를 잔뜩 뒤집어쓰고 비지땀을 흘리는 바람에 얼굴이 구정물로 가득한 모습이었다. 미국의 카메라 감독들이 먼저 나서 그런 케이를 찍기 시작했고, 이 모습은 미국으로 생중계 되었다.

많은 미국인이 구호 활동을 하면서도 메이크업을 받고 카메라를 신경 쓰는 기타 연예인들과 달리 현지인들과 다를 바 없는 모습으로 열심히 일하는 건의 모습을 보고 감동받았다. 중계를 맡은 뉴스 앵커마저 그런 건의 모습을 보고 말을 잊었다.

한 여성 앵커는 울고 있는 아기를 달래다 자기도 함께 울어버리고 만 건의 모습을 보다 눈물을 터뜨리기도 하였다.

그런 모습들을 모니터하던 유니체프의 관계자가 텐트에서 쉬고 있는 건을 찾아왔다. 건은 텐트 안에 누워 지친 숨을 몰아쉬다 밖에서 자신을 부르는 소리에 놀라 일어나 텐트 밖으로 나왔다.

"케이? 케이 여기 있나요?"

"아, 예. 제가 케이인데요."

"반갑습니다, 케이. 유니체프 네팔 구난 본부장 케빈 디즐러입니다."

건이 케빈이 악수를 청하자, 손을 마주 잡고 물었다.

"유니체프에서 나오셨군요, 항상 재난 상황에서 나서 주시는 모습을 잘 보고 있었습니다."

케빈이 싱긋 웃으며 건의 먼지 낀 옷을 털어주었다.

"재난 상황에서 구조를 할 때는 청결에 신경을 써야 합니다. 일 할 때는 어쩔 수 없지만 쉴 때는 꼭 몸을 씻으세요. 본인이 병에 걸리면 남을 돕기는커녕 다른 사람에게 짐만 됩니다."

건이 먼지를 털어주는 케빈의 손을 보며 어색하게 웃었다.

"아, 네. 명심하겠습니다. 그런데 무슨 일로……."

케빈이 가방에서 팜플렛을 꺼내 보여주며 말했다.

"케이의 모습이 뉴스로 나가고 있다는 것 아시죠? 지금 미국과 중국, 한국을 중심으로 케이는 화제의 중심에 있습니다. 우리는 국제 구호단체로 TV에 구호를 위한 모금 방송을 내보내려 하는데, 혹시 케이가 도와주실 의향이 있는지 여쭈러 왔습니다."

건이 팜플렛을 받아 들며 물었다.

"모금 방송이요?"

"네, TV에서 보신 적 있을 겁니다. 가장 많이 방송되는 것은 아프리카 아이들에게 정기 후원을 하는 방송이었을 것입니다. 그 외에 이런 상황이 올 때 한시적으로 모금 방송을 하고 있지요."

"아, 본 적 있어요. 아이들의 참담한 모습이 나오고, 아이들을 도와달라는 말을 하는 광고였죠?"

"네, 맞습니다. 각 나라마다 존재하는 우리 단체 지사에서 그 나라의 유명 인사에게 협조를 얻어 구호 활동을 하고 그 활동 모습을 담아 광고로 제작하죠. 개인이나 기업의 기부도 많이 들어오지만, 일반인들의 기부금액은 모수가 많아 큰 도움이 되거든요."

"광고 촬영은 문제가 안 되는데…… 제가 도움이 될까요?"

케빈이 무슨 말이냐는 듯 팔짱을 끼며 웃었다.

"지금 네팔에 들어와 있는 인원은 취재진과 일반 재난 대책 요원들뿐입니다. 아직 안전 확인이 되지 않아서 연예인들이나 공인들은 봉사활동을 하러 들어오지 못하고 있어요. 뜻 있는 분들이 당장에라도 들어와 돕고 싶어 하고 계시지만, 그분들은 또 그분들 나름대로 이끄는 단체나, 소속된 회사의 허가가 필요하니까요. 현재 고르카에 있는 공인은 케이가 유일합니다. 아, 류채은? 그분도 있지만, 세계적으로 알려진 분은 아니니 제외하고요."

건이 살짝 고민되는 표정으로 현장을 바라보았다. 아직 폭삭 가라앉은 현장에서 미친 듯이 매몰된 가족을 찾는 사람들이 보였다. 건이 그들을 보며 말했다.

“이번에 절실히 느끼고 있지만, 저는 너무도 작고, 무력한 사람이에요. 이런 제가 도움이 될지 모르겠습니다.”

케빈이 설득하려는 듯 몸을 앞으로 내밀며 말했다.

“당신은 지금도 충분히 노력하고 있고, 또 모두가 그것을 알고 있습니다. 조금만 더 도와주실 수는 없을까요?”

“도와드릴 마음은 있어요, 단지 제가 기대하시는 만큼의 도움을 드리지 못할까 봐 그러죠.”

“나는 이곳에 와서 당신이 한 일을 보고 들었습니다. 지금 상황에서 당신만큼 현장 상황을 절실하게 전할 수 있는 사람은 없다고 단언할 수 있습니다.”

건이 잠시 케빈을 빤히 보다가 팜플렛을 돌려주며 말했다.

“광고를 위한 촬영팀이 준비되어 있나요?”

케빈이 건이 돌려주는 팜플렛을 받으며 고개를 끄덕였다.

“지금 날아오고 있습니다. 네팔 현지 공항에 착륙할 수 없어서, 인도 쪽으로 내린 후 차량으로 이동해 올 예정이라 며칠 걸릴 겁니다.”

“휴……. 알겠습니다, 그런데 지금 제가 한국에 나가는 방송에 출연 중이라, PD님의 허가가 필요해요. 잠시 시간을 빼야 하니까요.”

“이해합니다. 내부에서 논의하시고 결정해 주세요. 저희 베이스 캠프는 우측 50m 정도 떨어진 곳에 있습니다. 베이스 캠프 앞에 저희 깃발이 꽂혀 있을 테니 언제든 방문해 주시면 됩니다."

"네, 케빈. 잘 알겠습니다. 곧 연락 드릴게요."

"그럼 잘 부탁합니다."

케빈이 떠난 후 조금 더 쉰 건이 다시 현장을 향해 올라갔다. 마을 사람들은 마을에서 2㎞ 정도 떨어진 학교에 임시 대피하였기에 현장에는 작업 인부들과 구조 요원들만이 가득했다.

전문 장비가 들어가고 난 후에는 현장에서 크게 할 일이 없었던 건이 구호 단체들이 학교로 짊어지고 가는 구호 물품 박스 두 개를 받아 학교로 이동했다.

학교에서는 채은이 야외 운동장에 메트를 깔고 드러누워 있는 부상자들 사이를 누비며 보조하고 있었다.

국제 구호단체에서 파견한 의사와 간호사들은 채은에게 이동 동선이 긴 물건들을 옮기는 것을 주로 부탁해, 채은은 끊임없이 몸을 움직이며, 이곳저곳에 치료용 거즈나, 밴드 등을 가져다주고 있었다. 그런 채은의 모습을 촬영하는 카메라 감독 옆에 팔짱을 끼고 있던 영석이 건이 다가오는 것을 보며 말했다.

"어, 왔어? 좀 쉬다 왔냐?"

건이 짊어지고 온 구호 물품을 바닥에 내려놓은 후 땀을 닦으며 말했다.

"네, 텐트에서 잠깐 쉬었어요. 그런데 형. 유니체프 쪽에서 구호기금 모금 광고를 부탁해 왔어요. 찍어도 될까요?"

"그걸 왜 나한테 묻냐? 내가 네 회사 사장도 아니고."

"촬영 중이니까 그렇죠. 시간 빼서 해야 하는 건데."

"됐어, 어차피 너 일하는 모습은 지겹게 많이 따 놨으니 중복될 건 없어, 해. 하고 싶어서 물어보는 거지?"

"사실은 좀 고민이 되긴 해요. 제가 도움이 될 수 있을지도 모르겠고요."

"무슨 일이든 도움이 되는 일이라면 하고 싶다던 생각 변하지 않았지?"

"그럼요, 형."

"그럼 해, 10원이라도 더 들어오면 도움 되는 거야."

"그럴까요?"

"가서 채은 씨나 좀 도와줘라. 채은 씨 오늘 5분도 안 쉬고 일했어. 다친 사람들이 신음하는 걸 그냥 듣고 볼 수가 없는지 끊임없이 움직이네. 저러다 쓰러지겠다."

건이 고개를 끄덕인 후 채은에게 달려갔다. 채은은 건이 도울 테니 조금 쉬라는 말도 듣지 않고 저녁 늦게까지 일을 돕다가 밤에 텐트로 돌아와 씻지도 못하고 기절해 잠을 잤다.

건은 텐트로 돌아와 즉시 유니체프의 베이스 캠프로 가 케빈을 찾았다. 케빈은 건을 보자 반색하며 텐트 안으로 들어오라고 했다.

“빨리 오셨군요, 케이.”

“아, 네. 질질 끌어서 좋은 일도 아니고, 하루빨리 기금이 모여야 집 없는 사람들에게 도움이 되죠.”

“좋은 마음가짐입니다. 말씀하시는 걸 보니, 하기로 하셨나 보군요?”

“네, 도움이 된다면 하고 싶습니다. 제가 뭘 하면 될까요?”

“촬영은 이미 80% 이상 되었습니다. 이미 저희 쪽 카메라에 케이의 모습은 가감 없이 많이 담아뒀으니까요.”

“예? 그럼 제가 따로 할 일은 없는 건가요?”

“있죠. 일하는 모습을 더 찍을 겁니다. 촬영에 의도된 바는 전혀 없을 것이고요, 지금 케이를 따라다니는 카메라와 비슷하다고 생각하시고 가끔 던지는 질문에 답을 해주시면 됩니다.”

“아, 그렇군요.”

“네, 그럼 바로 시작할게요.”

“부탁드리죠.”

베이스 캠프를 나선 건이 곧바로 촬영팀의 캠프로 가서 J-200을 꺼내 들고 밖으로 나왔다.

솔직한 마음으로 자신이 얼마의 도움을 줄 수 있을지 자신은 없었지만, 무너진 현장의 부러진 나뭇가지를 잡고 울고 있는 소녀의 모습을 본 건이 이를 악물었다.

베이스 캠프의 텐트 밖에 있는 큰 바위 위에 앉아 무너져 버린 고르카 마을의 모습을 눈에 담은 건이 눈을 감고 집중하기 시작했다.

♪♪♩

한국에 있는 시화는 매일 뉴스에서 눈을 떼지 못했다. 뉴스에 나오는 오빠의 모습은 항상 먼지를 잔뜩 뒤집어쓰고 더러운 구정물을 얼굴에 뒤집어쓴 안타까운 모습이었기에, 나날이 그녀의 걱정은 늘어났다.

뉴스에서 흘러나오는 네팔 현지의 모습은 참혹했고, 불쌍한 사람들의 모습이 끊임없이 나왔지만, 한국에 있는 그녀는 단지 안타까워할 뿐 체감이 되지 않았다.

시화의 머릿속에는 그저 건에 대한 걱정밖에 없었다. 일요일 오후 오늘도 TV 앞에서 뉴스를 보고 있던 시화가 툴툴거렸다.

"하아, 저기 진짜 덥겠지? 밤에는 또 엄청 춥다고 하던데, 우리 오빠 감기 걸리는 거 아닌가 몰라……."

영하가 참외를 깎아온 그릇을 내려놓으며 방바닥에 앉았다.

"지금 저거 안 보이니? 사람들이 팔다리 잘려 나가고 매일 죽어 나가는데 고작 감기가 문제겠어?"

시화가 볼을 부풀리며 눈을 흘겼다.

"누가 몰라? 근데 다 모르는 사람들이잖아. 난 우리 오빠 감기 걸리는 게 더 걱정된다고. 벌써 며칠째야?"

"허이구, 아주 그냥 오빠 바보 나셨네. 이거나 먹어."

시화가 영하가 포크에 찍어 건네는 참외를 받아 한입 베어 물며 말했다.

"하여간 착해빠져가지고, 그냥 딱 봐도 엄청 위험해 보이는 곳에서 자기가 무슨 도움이 된다는 거야, 그냥 구호 단체한테 맡기고 차라리 모금할 때 돈이나 많이 내는 게 더 도움 되지. 칫."

영하가 TV를 가리키며 말했다.

"안 그래도 지금 모금 방송 나오려나 보네. 유니체프 로고 뜨는 걸 보니."

시화가 참외를 문 채 TV로 고개를 돌리자 검은 화면에 하얀색으로 유니체프의 로고 화면이 보였다. 검은 화면이 페이드 아웃되며 인공위성 촬영 영상인 것으로 보이는 영상이 떠올랐다.

평화로운 히말라야를 배경으로 한 고즈넉한 언덕의 마을은 무척 평화로워 보였다. 밤이 내려앉고 깊은 평화가 마을을 잠식하자 점점 영상이 떨리기 시작했다.

사람들의 고함 소리가 들리며, 마을 사람들이 집 밖으로 뛰어나오기 시작했다. 산 중턱에 자리 잡은 마을의 집들이 폭삭 가라앉는 데에는 1분의 시간도 걸리지 않았다.

1분간 끊지 않고 여과되지 않은 지진 피해를 보여주고 있는 TV를 보던 시화의 입에서 참외가 툭 떨어졌다. 지진이 끝나고 뿌연 먼지가 하늘로 피어올랐다. 먼지로 보이지 않는 마을 안에서 아이들의 아우성 치는 소리가 터져 나왔다.

화면이 전환되며 구조 현장의 긴박함이 나왔다. 다리가 절단된 네팔 아저씨가 고통에 찬 표정으로 들것에 실려 나가고 엄마 잃은 아이들의 눈물 흘리는 모습이 나오기 시작했다.

머리가 검은 한 청년이 하체가 피투성이로 변한 아주머니를 업고 마을을 뛰어 내려오고 있었다. 청년은 울고 있었다. 청년의 뒤에 업힌 아주머니는 이미 정신을 잃은 듯했다. 멀리서 달려오던 청년이 점점 다가왔다.

눈물에 범벅된 청년이 외쳤다.

-여기! 바위에 깔려 있던 아주머니입니다!

TV를 보던 영하가 자리에서 벌떡 일어났다. 시화가 들고 있던 포크를 바닥에 떨어뜨리며 떨리는 손으로 TV를 가리키며 말했다.

"저…… 저거 오빠야, 엄마?"

화면 속 건은 시화가 알던 건이 아니었다. 눈물범벅이 되어 다급한 눈으로 다친 사람을 엠뷸런스로 옮기고 있는 건의 모습은 마치 가족을 잃어버린 사람 같았다.

장면이 바뀌고, 잔해를 뒤지며 울부짖는 남자가 나왔다. 한 곳을 파던 남자가 털썩 주저앉으며 부르짖었다. 집으로 보이는 잔해 속에 반지를 낀 손 하나가 나와 있었다. 남자가 자리에 주저앉은 채 서글피 울었다.

화면이 검어지며 아련하게 기타 소리가 들려오기 시작했다. 구슬프게 우는 기타의 소리 위에 시화와 영하는 처음 들어보는 피리 소리가 흘러나왔다.

평화로운 히말라야의 구름 낀 산맥 속을 거니는 듯한 느낌을 주는 피리 연주는 구슬픈 기타 소리를 만나 너무나 슬픈 곡으로 바뀌어갔다.

화면이 바뀌며 눈물 자국으로 양 볼이 깊게 파인, 눈이 큰 귀여운 소녀가 카메라를 바라보는 모습이 나왔다. 소녀는 슬픈 눈망울로 눈도 깜짝이지 않은 채 카메라를 응시했고, 그런 소녀의 모습 뒤로 나직한 목소리가 울려 퍼졌다.

The name of staying deep in happiness is despair.

(행복 깊숙한 곳에 머무는 그 이름은 절망.)

Our dyed poison of despair.

(절망이라는 독에 물들어 있는 우리.)

남자의 것으로 들리는 목소리는 쉬어 터지고 갈라져 있었다. 마치 한나절 동안이나 울고 난 후 노래하는 목소리와 같이 쉬어빠진 남자의 목소리는 시화의 가슴에 파문을 일으켰다. 아까 잔해 속에서 부인을 발견한 남자의 목소리 같이 느껴졌기 때문이다.

화면이 전환되어 한 여자가 죽은 갓난아기를 포대기에 싸 안고 눈을 뜨라는 듯 손을 잡고 흔들며 눈물 젖은 얼굴로 주위를 돌아다니는 사람들에게 도움을 청하는 장면이 나왔다.

Hello? Good bye…….

(안녕? 안녕…….)

A small word that I do not want to say falls on my feet without power.

(말하고 싶지 않은 작은 단어가 힘없이 내 발 앞에 떨어지고.)

영하가 입을 가리고 흐느끼기 시작했다. 너무나 참혹하고 불쌍한 사람들과 그들을 말하고 있는 음악이 어우러지자, 참을 수 없는 감정의 나락으로 떨어진 영하였다. 시화 역시 양손으로 붉어진 눈가를 누르며 TV를 노려보고 있었다.

장면이 전환되고 학교를 배경으로 부상자들을 옮기던 간호사와 의사들의 얼굴에 피가 튀었다.

굵은 땀방울을 닦을 시간도 없이 병원이나 의료 기기도 없이 야외에서 수술을 하고 있는 의사들의 피로에 지친 얼굴들이 화면에 나왔다.

When your last is rising from the night you are in.

(너의 마지막이 네가 자리하고 있는 밤에서 솟아오를 때.)

Despair ties endless sighs to this land.

(절망은 끝없는 탄식을 이 땅에 묶고 있어.)

다시 화면이 전환되고 먼지를 온 머리와 얼굴에 가득 뒤집어쓴 건의 얼굴이 나왔다. 허무한 눈으로 베이스 캠프 앞 절벽에 앉아 멀리 보이는 산을 보는 건의 얼굴에는 얼마나 울었는지 먼지가 패이며 눈물이 흐른 자국이 있었다. 허무한 그의 눈빛이 멀리 보이는 설산과 합쳐져 신비로운 분위기가 연출되었다.

clear spring sprang up in the land that was destroyed by the quake.

(지진으로 무너진 땅에 맑은 샘이 솟고, 불에 탄 흙에서도 새싹이 나길.)

건이 걸터앉은 절벽에서 화면이 멀어지며 뒤편에 보이는 고르카 마을이 비쳐졌다. 지진으로 무너져 버린 처참한 마을의 모습이 건의 뒤로 펼쳐졌다.

화면은 점점 멀어지며 구름에 가려 그들이 보이지 않을 만큼 멀어졌다.

화면이 하얗게 변하며 검은 글씨가 떠올랐다.

Clear spring sprang up in the land that was destroyed by the quake.

(지진으로 무너진 땅에 맑은 샘이 솟고, 불에 탄 흙에서도 새싹이 나길.)

다시 화면이 검게 변하며 인터뷰 영상으로 보이는 화면이 나왔다. 지친 모습으로 벽에 기대 바닥으로 힘없이 고개를 떨구고 있던 건이 고개를 들 힘도 없는지 바닥을 보며 말했다.

-부모를 잃은 아이들에게 신이 우리에게 절망을 주는 것은 우리를 죽이려는 것이 아니라 우리 가운데 새로운 생명을 불러일으키기 위해서라고 말했어요. 아이들에게 절망으로부터의 유일한 피난처가 세상에 자아를 포기하는 것이 아니라는 것을 알게 해주세요.

건은 마지막 말을 남긴 채 그대로 고개를 푹 수그리고 잠이 든 것 같이 보였다. 화면이 멀어지며 페이드 아웃 되며 검은 배경에 하얀 글씨로 유니체프의 로고가 떴다. 로고의 아래에 하얀 글씨가 나타났다.

-후원 문의 : 유니체프 홈페이지.

한참 유니체프의 로고만 떠 있던 화면은 이내 다시 긴급 재난 뉴스 방송으로 넘어갔다.

영하가 울며 시화를 돌아보았다. 시화는 하늘이 무너진 것처럼 울기 시작했다.

"흐에에에에엥! 오빠!"

시화가 울면서 방으로 뛰어들어갔다. 영하가 티슈를 뽑아 눈물을 닦자 다시 울면서 방을 뛰어나온 시화가 신발을 신기 시작했다.

영하가 그런 시화에게 물었다.

"너 어디가?"

시화가 손에 쥔 통장을 휘두르며 말했다.

"오빠가 용돈 보내준 거 모아둔 통장 전부 다 보낼 거야, 흐에엥!"

영하가 손으로 방바닥을 때리며 소리쳤다.

"오늘 일요일이야, 정신 차려 이년아!"

시화는 울다가 달력을 보더니 다시 울며 방으로 뛰어들어갔다.

"흐에에에엥! 홈페이지 들어가 볼 거야!"

♪♪♩

건의 방송의 여파는 엄청났다. 가장 먼저 움직이기 시작한 것은 광고를 본 일반인들이었다.

각자 얼마가 됐든 여윳돈을 보내는 손길은 점점 늘어났다. 사람이 움직이니 기업이 움직이고, 기업이 움직이니 국가가 움직이기 시작했다.

가장 먼저 미국과 러시아, 중국이 움직였다. 이들은 국가 단위로 전폭적 지원을 약속하고 나섰다. 특히 미국 대통령은 담화 발표회장의 뒤 스크린에 건의 광고 영상을 틀어 놓고 기자들과 함께 보며 눈물을 터뜨렸다.

시류를 타기 위해 움직인 연예인도 많았지만, 잠시라도 진실된 마음을 먹고 찾아오는 연예인도 많았다.

물론 너무 고된 봉사를 하다 초심을 잃고 불만을 말하는 연예인도 있었지만, 다수의 사람이 진실된 마음으로 돕기를 바랐다. 한 달이 지나자 네팔 고르카 마을의 복구현장에 10만 명이 넘는 자원봉사자가 몰렸다.

그저 돕고 싶은 마음에 손을 보태려고 오는 개인부터, 기업의 플래카드를 크게 써 붙이고 브랜드 광고를 하고 있는 곳도 있었지만, 모두의 도움은 분명히 현지인들에게 전해지고 있었다. 베이스 캠프에 머무르고 있는 건에게도 많은 사람이 다녀갔다.

그저 고맙다고 말하며 한참 건의 손을 붙잡고 지그시 바라봐주고 떠난 할머니도 있었고, 한국 여행객이라며 한국 음식을 주고 간 남자도 있었다. 건은 모두의 손길을 그저 감사하게 받아들였다.

영석은 그런 사람들을 카메라에 담으며 따뜻한 미소를 지었지만 다가온 AD의 귓속말에 얼굴을 구겼다.

영석이 귓속말을 하는 AD를 째려보며 말했다.

"뭐? 그 양반이 여긴 왜?"

"좀 있으면 국회의원 선거잖아요, 눈도장 찍으러 왔겠죠."

"아씨, 그냥 자기 집 근처에 사는 거지한테 적선이라도 하지, 여기까진 또 왜 온 거야, 아오"

영석이 스트레스를 받는다는 듯 담배에 불을 붙였다. 담배 연기를 푹푹 내뿜는 영석을 보던 AD가 작게 말했다.

"저기 와요."

급히 담배를 비벼 끈 영석의 눈에 머리가 반쯤 벗겨졌고, 형광색 조끼에 '새자유나라당'이라고 큼지막하게 생긴 것을 입고 만면에 웃음을 띤 중년의 배 나온 남성이 들어왔다.

남성의 주위에는 수행원으로 보이는 젊은 남자들 여섯 명이 있었는데, 그들은 정장에 선글라스를 끼고 호위하듯 남성을 둘러싸고 있었다. 남성이 웃으며 영석에게 손을 내밀었다.

"하하하, 이거 타지에서 고생이 많습니다. 나 새자유나라당의 조병국이오."

영석이 어색하게 웃으며 손을 맞잡았다.

"예, 멀리까지 어쩐 일이십니까, 의원님."

"하하, 어쩐 일이긴! 우리나라의 젊은 사람들이 이렇게 나와 고생하는데, 국민의 혈세로 사는 우리 같은 사람들이 당연히 와 봐야지! 허허, 그래, 케이는 어디 있소?"

"한국인이신데 김 건 씨라고 부르셔야죠, 의원님. 케이는 해외 사람들이 부르는 이름입니다."

"허헛, 케이라고 불러야 외국 사람들도 알아봐 주고, 모금에도 더 힘을 써줄 것 아니오?"

"아…… 예……. 저기 텐트 안에 있습니다."

"하하, 그래요. 그럼 내 케이를 좀 보고 오겠소, 어흠."

영석이 조병국이 텐트로 들어가는 것을 멀뚱히 보고 있자 텐트 안으로 들어가려던 조병국이 영석을 돌아봤다. 영석이 그런 조병국에게 의문의 눈빛을 보내자, 조병국이 말했다.

"안 찍소?"

"예? 뭘 말입니까?"

"지금 PD 양반, 방송 찍으러 와 있는 거 아닌가?"

"아, 예 그런데 제가 촬영하는 건 예능입니다. 뉴스가 아니에요."

"허허, 더 잘 됐지 않소? 예능에 나오는 국회의원이라. 젊은 유권자들이 좋아하겠어, 하하. 들어갑시다."

조병국이 텐트 앞에 서서 기다리는 것을 본 영석이 손으로 얼굴을 매만지며 AD에게 조용히 지시했다.

"그냥…… 카메라 가져가서 찍는 시늉만 해라……."

AD가 고개를 끄덕인 후 직접 카메라를 들었다. 카메라맨도 아닌 AD가 들어온 것을 꿈에도 모르는 조병국이 텐트 문을 열고 크게 웃으며 케이를 불렀다. 약 10분이 넘는 시간 동안 건과 대화를 나눈 조병국이 기분 좋은 얼굴로 텐트를 나섰다. 주위를 보며 영석을 찾았지만, 영석은 텐트 뒤에 숨어서 담배를 빼끔거리고 있었다.

자신을 기다리지 않은 것에 약간 기분이 상한 조병국이 헛기침을 하며 사라지자 그제야 담배를 든 영석이 모습을 드러냈다.

"썩어빠진 돼지 새끼."

영석이 욕을 하며 담배를 비벼 끄자 텐트 안에서 AD와 건이 함께 나왔다.

영석이 웃고 있는 건을 보며 말했다.

"왜 나와? 들어가서 쉰 지 얼마 안 됐잖아?"

"이제 됐어요. 발에 물집 잡힌 것 때문에 힘들었는데, 마지막 바위를 옮길 때 터졌는지 약 바르고 밴드 붙이니까 안 아프네요, 이제."

영석이 웃음 짓고 있는 건을 아래위로 보다가 손가락으로 조병국이 사라진 곳을 가리키며 물었다.

"너 방금 저 의원이랑 이야기하고 나온 거 아니야? 왜 이렇게 웃고 있어? 기분 나쁘지 않았어?"

AD가 옆에서 거들었다.

"그러게요, 카메라를 들이대고 있는데도 수행비서 놈들이 어찌나 사진을 찍어대는지…… 아까 보니까 텐트에서 나가기도 전에 SNS에 올리고 있더라고요."

건이 영석과 AD를 번갈아보며 웃었다.

"이유가 어쨌는지는 제게 중요하지 않아요. 제게 중요한 건 얼마를 가져왔냐는 거죠. 저는 지금 한국의 PC 앞에 앉은 키보드 워리어가 아니에요. 저 사람이 어떤 의도를 가지고 찾아왔는지를 판단하는 건 제게 아무런 도움이 되지 않아요. 뭐가 됐든 한 손이라고 거들고, 한 푼이라도 모금해 주는 사람이라면 그저 고마울 뿐이에요. 그것이 제 눈앞에서 굶주리는 아이들의 입으로 들어가는 양식으로 바뀌고 있으니까요."

영석이 혀를 차며 말했다.

"이놈은 나이를 먹더니 성인(成人)이 아니라 성인(聖人)이 되어가네, 점점?"

유니체프 네팔 재난 대책본부의 세라는 올해 24세의 꽃다운 아가씨였다. 파리에서 대학을 다니던 그녀는 평소 자원봉사에 활동에 관심이 많아 네팔의 소식이 들리자마자 자원하여 이곳에 왔다.

그녀는 졸업 후 유니체프에서 일하고 싶다는 생각을 하였기에 일에 대한 진실된 관심과 조직에 대한 이해도가 높은 편이었다.

네팔에 도착한 지 오늘로 29일째. 그녀의 눈에 오늘도 늦은 밤에 망원경을 들고 베이스 캠프 밖에 나가 한 곳을 살피는 케빈 디즐러 본부장이 들어왔다.

살금살금 그의 뒤를 밟아 따라 나간 그녀는 케빈이 보고 있는 한 곳을 바라보았다. 조금 멀기도 했고 밤이 깊어 잘 보이지 않는 곳을 눈을 찌푸린 채 시력을 돋구어 보고 있던 세라가 말했다.

"본부장님!"

망원경을 눈에 대고 한 곳을 뚫어져라 보고 있던 케빈이 화들짝 놀랐다. 어찌나 놀랐는지 어깨가 들썩이는 것이 보일 지경이었다.

케빈이 놀란 눈으로 세라를 보자, 세라가 허리춤에 손을 올리고 말했다.

"뭘 보시는지 모르겠지만, 그거 범죄가 될 수도 있다는 것 아시죠, 본부장님? 유니체프 같은 구호 본부의 본부장님이 이런 류의 범죄를 저질렀다는 뉴스가 나가면 세상이 들썩거릴지도 몰라요. 이제라도 그만두시죠."

케빈이 세라의 말에 망원경을 들며 더듬거렸다.

"아, 아니…… 세라 이건 그게 아니라……."

"아니긴 뭐가 아니에요? 벌써 2주일째 매일 밤 이 시간에 망원경 들고 나오시는 거 다 봤거든요?"

케빈이 곤란한 표정을 지으며 주변을 돌아보더니 세라에게 망원경을 내밀었다.

"봐, 세라도 보면 알 거야."

세라가 케빈이 내민 망원경을 빤히 보다가, 망원경을 들어 케빈이 보던 곳을 보았다.

"도대체 얼마나 미녀길래…… 어? 케이네요?"

망원경에서 눈을 떼고 케빈을 보던 세라의 표정이 더 이상해졌다.

"참나…… 설마 그쪽이었어요?"

케빈이 고개를 갸웃거리며 물었다.

"그쪽이라니?"

케빈이 고개를 갸웃거리다가 몸을 굳히더니 얼굴을 붉게 물들이며 삿대질을 했다.

"무, 무슨 소릴 하는 거야! 내가 그런 놈으로 보여?"

세라가 설명해 보라는 듯 망원경을 흔들어 보이자, 케빈이 말했다.

"다시 자세히 봐. 케이가 절벽에 앉아서 노래하고 있지? 그 주위를 좀 보라고."

세라가 케빈을 지저분한 것을 보는 듯한 눈빛으로 보다가 다시 망원경을 눈에 댔다.

"뭐가 있다는 거예요. 그냥 기타 치면서 노래하고 있는데."

"주위를 좀 보라니까? 노래하는 케이 주변 말이야."

"주변이요? 주변에 뭐가…… 어?"

세라가 보고 있는 망원경 속에 있는 건은 절벽에 앉아 다리를 끝도 없는 절벽에 내리고 기타를 치며 노래하는 모습이었다. 너무 멀리 있어 무슨 노래를 하는지는 안 들렸지만, 멀리서 아련하게 들리는 기타 소리는 들을 수 있었다.

세라가 건의 주위로 망원경의 렌즈를 돌리자, 한 마리의 검은 소가 보였다.

소는 무엇이 그리 기분 좋은지 바닥에 배를 보이고 드러누워 풀밭에 몸을 비비고 있었다. 세라가 망원경에서 눈을 떼지 않고 말했다.

"소네요? 소가 왜요? 네팔에서 소 처음 봐요? 소를 신성시하는 나라라 혼자 돌아다니는 소는 많잖아요."

"그래, 많이 봤지, 그런데 세라 너 소가 네 발로 서 있거나 걸어 다니는 거 말고 저렇게 사람 옆에서 배를 위로 향하게 하고 등을 땅에 비비고 있는 소 본 적 있어?"

세라가 잠시 생각해 본 후 말했다.

"음……. 없는 것 같긴 한데…… 저게 그렇게 신기한 일이에요?"

"주위를 더 둘러 봐."

"주위에 뭐가 또 있어요? 보자…… 헉?"

"보여? 주위에 누워 있는 소가 서른 마리가 넘어."

세라의 망원경에 비친 모습은 정말 신기했다. 노래하며 산 쪽을 바라보고 있는 건의 뒤로 약 서른 마리가 넘는 검은 소들이 각자 다른 자세였지만 모두 바닥에 누워 잠을 청하고 있었다. 케빈이 입을 벌리고 있는 세라에게 말했다.

"주위를 보면 개나 고양이들도 열 마리가 넘어. 심지어는 닭이랑 오리들도 있다니까? 나무 위도 봐. 이름 모를 산새들까지 나뭇가지 위에 앉아 있어."

케빈의 말을 들은 세라가 정신없이 고개를 움직이며 주위를 보았다. 케빈의 말과 같이 검은 소들의 거대한 덩치들 사이에 누런 개나, 검은 개들이 풀밭에 누워 혀를 빼고 잠이 들어 있었고, 야생에서 절대 개의 곁에 가지 않는다는 각양각색의 무늬를 가진 고양이들도 바위나, 풀 위에 널브러져 잠이 들어 있었다.

닭 여러 마리와 오리들이 뒤뚱거리며 주위를 걷고, 나무 위에는 산새들이 작은 나뭇가지에 비좁을 정도로 많은 수가 앉아 건을 보고 있었다.

세라가 망원경을 내리며 입에서 침이 떨어질 듯 입을 떡 벌렸다. 잠시 망원경을 내린 채 건이 있는 쪽을 뚫어지게 보던 세라가 손가락으로 건이 있는 쪽을 가리키며 케빈을 보았다.

말이 나오지 않는지 입을 벌린 채 손가락으로 어두운 곳을 가리키던 세라의 말문이 터진 것은 1분도 넘은 뒤였다.

"저…… 저…… 설마 저 동물들이 케이가 노래를 해서 모인 거예요?"

케빈이 천천히 고개를 끄덕이며 말했다.

"나도 처음에는 설마 그런 일이 있겠냐는 생각을 했는데 말이야…… 내가 여기서 저 모습을 처음 본 게 15일 전이거든? 그 후에 매일 같은 시간에 망원경으로 케이를 관찰했는데, 케이가 노래를 하고 나야 동물들이 모여. 그전에는 쥐새끼 한 마리 없다고. 케이가 첫 곡을 노래하면 가장 먼저 나뭇가지에 새들이 내려앉기 시작해. 그리고 귀가 좋은 개들이 모이고, 검은 소들까지 오고 나면 고양이와 닭, 오리들이 와."

세라가 기가 차다는 눈으로 말했다.

"그, 그게 가능해요?"

케빈이 고개를 절레절레 흔들며 말했다.

"말이 안 되지. 그래서 아무한테도 이야기 안 했어. 이거 봐, 세라는 자기 눈으로 직접 보고도 못 믿잖아, 내가 이런 이야길 한다고 누가 믿어주겠어?"

세라가 케빈의 말을 듣고 멍하니 서 있다가 다시 망원경을 눈에 대고 건 쪽을 돌아보았다.

눈을 감고 미미한 미소를 지으며 노래하고 있는 건의 머리 위에 산새가 올라앉았다. 건은 눈을 동그랗게 떴지만 이내 웃음을 지으며 다시 노래했다.

산새는 사람이 무섭지도 않은지 건의 머리에 올라가 머리카락을 쪼며 놀기 시작했다. 비현실적인 광경을 보던 세라가 다시 망원경에서 눈을 떼고 멍하니 어둠 속을 바라보다, 다시 망원경을 들어 건의 모습을 훔쳐보는 것을 반복했다.

옆에서 팔짱을 끼고 있던 케빈이 피식 실소를 흘리며 말했다.

"나랑 같은 반응이군. 나도 처음 목격했을 때 세라와 같은 반응이었지."

세라가 망원경으로 정신없이 건을 훔쳐보며 말했다.

"이거 제보하면 엄청난 화제가 될 것 같지 않아요?"

케빈이 고개를 저으며 말했다.

"사진을 찍어보려고 했는데, 맨날 이렇게 밤늦은 시간에만 나와 있어. 조명도 없는 밤에. 몰래 다가가면 동물들이 귀신같이 알고 도망가버리더라고. 동물들이 알아채고 도망가니 케이도 알아채고 말이야. 덕분에 그냥 커피 한잔 같이하러 왔다고 거짓말을 하게 됐지."

세라가 망원경에서 눈을 떼며 고개를 끄덕였다.

"적외선 모드 같은 것으로 찍어도 지금 저 분위기는 못 살려내겠네요. 전문 사진작가라면 가능할까요? 다큐멘터리 전문 카메라맨 같은 사람이요."

"글쎄, 그런 사람이 전문 장비 들이밀면 가능할 것 같긴 한데…… 케이 허락도 없이 사진 찍으면 도촬이라고. 우린 재난구호 봉사자지, 파파라치가 아니잖아? 그렇게까지 하고 싶진 않아."

세라가 그도 그렇다는 듯 고개를 끄덕이며 말했다.

"그럼 왜 매일 이렇게 보고 계세요?"

케빈이 망원경을 돌려달라는 듯 손을 내밀며 말했다.

"보면 알 거 아냐. 세라도 분명히 내일 이 시간에 여기 나와서 망원경 들고 있을걸? 저런 걸 살면서 또 어디서 봐?"

세라가 망원경을 뒤로 빼며 생긋 웃었다.

"내일이 아니라 당장 더 보고 싶어요. 조금만 더 보고 드릴게요."

케빈이 안 된다는 듯 망원경을 뺏으려 하며 말했다.

"안 돼, 케이는 동물들이 다 잠이 들면 들어간단 말이야. 볼 수 있는 시간이 많지 않아, 가져와."

세라가 뒤로 물러나며 소리쳤다.

"아! 본부장님은 맨날 봤잖아요, 나도 좀 볼게요!"

케빈이 달려와 망원경을 뺏으며 말했다.

"캠프 안에 망원경 또 있잖아! 꺼내와서 봐."

잠시 후 두 남녀는 나란히 바위 위에 앉아 망원경을 들고 건의 모습을 보았다. 렌즈 속에 비치는 건의 모습은 너무나 신비로웠다.

세라는 건의 머리 위에 앉은 새가 머리에 배를 깔고 꾸벅꾸벅 조는 모습을 보고는 턱이 빠져라, 입을 벌렸다. 그렇게 히말라야의 밤은 건의 노래와 함께 깊어졌다.

세라와 케빈이 건을 훔쳐보고 있는 시각. 건은 오랜만에 동물들 덕에 웃음을 지을 수 있었다. 머리 위에 앉아 있는 산새가 깨지 않도록 조심스럽게 기타를 옆에 세워둔 건이 눈을 돌려 잠이 든 동물들을 보았다.

완전히 잠이 들지 않은 동물들도 있었지만, 졸린 듯 꾸벅꾸벅 졸고 있는지라, 사방은 무척 조용했다. 다시 멀리 보이는 히말라야의 설산들을 보던 건의 눈이 깊어졌다.

'분명 나에게는 그동안 돈을 벌 기회가 있었다. 하지만 난 최대한 돈을 외면하고 살아왔어.'

건이 그저 양팔을 걷어부치고 몸으로 일했던 지난 한 달을 되돌아보았다.

'물론 나도 도움이 되었겠지만, 내 힘은 너무 미약했어. 광고로 모금을 해서 금전적인 도움을 보탰다고는 하지만, 나 스스로 번 여윳돈이 있었다면, 조금 더 빨리 도움이 필요한 사람에게 즉각적인 도움을 줄 수 있었을 텐데…….'

건이 사방이 너무 어두워 보이지 않지만 분명 많은 숨결이 서려 있는 산들을 보며 생각했다.

'만약 내가 악착같이 돈을 벌어왔더라도, 지금 이곳에서 같은 생각을 할 수 있었을까? 혹시 돈이 주는 안락함에 빠져 더 모으기 위해 안달이 나 있지는 않았을까?'

건이 살짝 몸을 숙여 허벅지에 팔꿈치를 대고 턱을 괴었다.

"잘 모르겠다…… 돈이 있었다면 바로 도움을 주었을지, 혹은 아까워했을지…….'

건이 생각에 잠긴 채 산을 바라보다 차가운 산의 공기에 몸을 조금 떨자, 머리 위에 있던 산새가 날아가 버렸다. 아쉬운 눈으로 산으로 사라지는 새를 보던 건이 한숨을 쉬었다.

'돈을…… 벌어 보자……. 계획을 세우고, 규칙을 세워서 일정 부분은 반드시 기부하고 싶다.'

건이 멀리 보이는 학교를 보았다. 늦은 시간이었지만 학교는 정부에서 설치한 조명으로 환했다.

아직 운동장에는 간이 매트리스에 누워 치료를 기다리는 환자들이 있었다. 이 늦은 시간까지도 환자들 사이를 부산하게 누비는 흰옷의 간호사들이 멀리 개미처럼 보였다.

"휴…… 그런데 뭘 해야 돈을 벌지? 당장 음반이라도 만들어 봐야 하는 걸까?"

고민스러운 표정으로 나뭇가지를 들고 바닥에 낙서하던 건의 머릿속에 한 명이 떠올랐다.

심각했던 건의 얼굴에 옅은 미소가 떠오르고 그것은 점점 짙은 웃음으로 변해갔다.

주위의 동물들을 한번 훑어보고는 동물들이 깨지 않도록 까치발을 들고 텐트로 들어가 잠을 청하는 건이 떠난 바위 아래에 나뭇가지로 끄적거려 둔 낙서가 남았다.

손 린.

♪♪♩

-이사님. 돈을 벌 방법이 있을까요?

"갑자기 마음이 바뀌었나요? 돈이랑은 담쌓고 지내는 건 씨가 이게 무슨 일이지요?"

-음…… 고통받는 사람들에게 마음으로 내뻗는 손과 금전적인 손이 다른 것 같아요. 둘 다 해야 할 것 같아서요.

"응? 갑자기 자선 활동가가 된 것 같은 느낌은 착각일까요? 학교 복학은 어쩌려고요?"

-아직 그쪽은 생각 안 했지만 조금 미루려고요.

"음…… 네, 그럼 목표 금액이 따로 있나요?"

-아니요, 나중을 위한 학비 정도만 남겨두고 번 돈은 네팔 쪽에 모두 기부하고 싶어요.

"음…… 기부라…… 음악으로 돈을 벌고 싶다는 건가요?"

-아니요, 무슨 방법을 써도 괜찮아요. 지금의 전 당장에 고통으로 신음하는 사람들에게 즉각적인 도움을 주고 싶은 마음뿐이라서요.

"그렇군요……. 즉시 현금화가 가능한 것은 아무래도 광고 쪽이겠죠. 지금 건 씨의 인지도는 최상입니다. 바로 어제 촬영 중이신 '히말라야의 노래' 3편이 방송되었고, 방송 말미의 예고편에 고르카 마을로 진입한 후 아주머니를 업고 뛰어 내려가는 건의 모습이 나왔거든요. 그뿐 아니라 유니체프를 통해 제작된 모금 방송으로 전 세계에서 큰 화제가 되고 있죠."

-그럼 광고 쪽으로 알아봐주시겠어요?

"건 씨의 입대 기간 동안 판타지오와의 계약 기간이 종료되었어요. 재계약 서류를 보내겠습니다."

-네, 바로 날인해서 보낼게요. 그럼 부탁드려요, 이사님.

"음……. 그렇게 많은 광고를 찍으면 좋지 않아요, 건 씨."

-네? 많이 찍고 많이 벌면 그만큼 많은 기부금을 얻을 수 있잖아요?

"광고 역시 이미지를 소모하는 것입니다. 연예인에게 너무 많은 이미지의 소모는 빠른 몰락을 가져오죠. 식상해지니까요. 딱 두 개에서 세 개만 찍으시는 게 어때요?"

-음……. 그럼 돈이 얼마 안 되지 않나요? 저는 얼마나 받을 수 있을까요?

"지금 인지도는 S급입니다. 한국을 기준으로 6개월 계약에 1회 촬영만으로 4, 5억 원은 충분히 받아낼 수 있을 거예요."

-예? 그럼 두 편만 찍어도 10억이에요?

"네, 거기서 판타지오의 수입을 나누고, 세금까지 처리하면 건 씨의 몫은 7억 미만이 되겠죠."

-휴우, 생각보다 많네요. 알겠습니다. 그럼 맡길게요, 이사님.

"네, 그럼 언제 귀국 예정인가요?"

-음……. 채은 누나랑 영석이 형 일정도 있어서 아마 2주 후에는 갈 수 있을 것 같아요.

"알겠습니다. 준비해 두죠."

중국 상해 판타지오 12층의 이사실.

린이 창가에 쏟아지는 햇살을 받으며 생각에 잠겼다.

김이 모락모락 나는 커피를 앞에 두고 고민에 빠진 손 린이 의자를 돌려 창밖을 바라보았다.

"돈을 벌고 싶다?"

린이 조금 전 영석의 위성 전화를 빌려 전화를 걸어온 건과의 통화를 떠올렸다.

'건 씨는 앞으로 음악인으로 살아갈 사람이다. 섣불리 여러 광고를 찍는 건 나중을 생각해 오히려 독이야.'

린의 고민은 건과 전화를 끊은 오전부터 해가 지는 때까지 계속되었다.

3일 후 판타지오는 세계의 언론에 기자회견을 통해 알렸다. 단지 중국 내 기자뿐 아니라 외신 기자에게까지 모두 기자회견을 알렸는데, 중국 정부도 아닌 일반 기획사의 기자회견이었지만 판타지오가 제시한 기자회견의 내용이 공개되자마자 엄청난 관심을 받았다.

이 뉴스는 판타지오 측이 케이와의 계약 연장과 그의 앞으로 행보에 관한 기자회견을 하겠다는 의사를 밝히고 만 하루도 안 되어 전 세계로 퍼져나갔다.

여러 국가에서는 케이의 소식을 전하기 위해 중국 내 거주하고 있는 자국의 기자들 외에 특별 파견팀을 편성하여 중국으로 보냈다.

상해는 외신기자들로 북새통을 이루게 되었다. 판타지오는 미리 기자회견 참석을 공문으로 알려온 언론사의 수를 보고 호텔이 아닌 상해 신국제전시장(SNIEC)를 대여하였다. 호텔 전시장으로써는 감당이 안 될 숫자가 미리 참석 의사를 밝혔기 때문이다.

기자회견에 대해 공개하고 정확히 4일 후. 상해 신국제전시장은 새벽부터 북새통이었다. 미리 좋은 자리를 선점하고 손 린 이사의 입장부터 촬영하기 위한 기자들이 서로의 몸을 밀치며 싸우고 있었다.

손 린은 미리 보안요원 백여 명을 배치하여 사전이 문제 발생을 막았다.

기자회견 시간 30분 전. 마침내 손 린이 회견장 입구까지 들어온 검은색 롤스로이스 팬텀에서 내렸다.

검은 브라우스에, 검은 스커트, 왼쪽 가슴에는 하얀 리본이 달려 있는 옷을 입은 린이 차에서 내리자 기자들이 밀려 들어와 질문을 퍼부었다.

보안요원들로 인해 일정 구간 이상 진입을 하지 못하고 있는 기자들을 바라보고 있던 린은 단 한마디를 남기고 회견장으로 들어갔다.

"모든 것은 회견장에서 말씀드리겠습니다."

기자들이 마이크를 들이밀며 제발 한마디만 해달라고 외쳐댔지만 한번 돌아선 린은 다시 돌아오지 않았다.

기자회견장에 미리 입장한 기자들은 각자 노트북을 펴고, 기사를 준비하고 있었는데, 빠르게 기사를 공개하기 위해 본사에 있는 직원과 메신저 창을 연결하는 기자들이 많이 보였다.

잠시 후 회견장에 린이 들어서자 엄청난 플래시 세례가 터졌다. 린은 올 블랙의 옷을 입고 단정한 모습으로 단상에 선 후 정중히 인사를 하고, 잠시 뜸을 들인 후 마이크 앞에 섰다.

"먼저 이번 네팔 대지진으로 피해를 입은 피해자 여러분과 유족 여러분께 애도를 표합니다."

연예 기획사의 기자회견 첫인사에 어울리지 않는 말이 나오자 기자들이 조용해졌다. 기자들은 타자 소리도 멈추고 린을 바라보았다. 린은 그런 기자들을 훑어본 후 말을 이었다.

"저희 판타지오는 이번 사태에 대한 애도를 표하기 위해 클라우드 펀딩 시스템을 가동하여 최대한 네팔에 대한 금전적 지원을 할 의사가 있습니다. 이 펀딩은 일반인 분들을 제외한 중국 내 기업들을 대상으로 할 예정입니다. 이에 대해서는 추후 다시 공개하도록 하겠습니다."

기자들의 손이 빨라졌다. 중국 내 일개 연예 기획사가 클라우드 펀딩까지 동원한 모금 활동을 약속하는 것은 쉽지 않은 결정이었기 때문이다. 잠시 그런 기자들을 바라보던 린이 다시 입을 뗐다.

"본론으로 들어가겠습니다. 우리 판타지오는 입대로 인해 계약 기간이 종료되었던, 한국의 케이와 계약 연장을 결정하였습니다. 이는 케이 본인의 의사임을 밝혀둡니다."

린이 잠시 숨을 고른 후 다시 마이크에 입을 댔다.

"케이의 첫 계약은 광고가 될 것입니다. 케이는 광고 수익의 90%를 네팔 현지에 기부할 예정입니다."

기자들의 반응은 제각각이었다. 어떤 기자들은 케이의 광고 출연료 중 90%를 기부한다는 것에 대해 대단하다는 생각을 하였고, 또 다른 기자는 중국까지 날아오게 해서 준다는 정보가 겨우 케이의 광고 촬영이라는 것에 실망감을 표하기도 했다.

하지만 그들의 표정은 이어진 린의 말에 곧 경악으로 일그러졌다.

"케이는 음악인으로 살아갈 것입니다. 그런 케이에게 지나친 광고 촬영으로 인한 이미지 소모는 지양하고 싶습니다. 그래서 저희 판타지오는 이와 같은 결정을 하게 되었습니다."

린의 말이 떨어지자마자 린의 양옆에 있던 대형 스크린에 같은 PPT 화면이 떠올랐다. PPT는 전 세계의 지도가 떠올라 있었다. 린이 스크린에 다가가며 말했다.

"케이는 단 세 개의 광고만을 촬영할 것입니다. 이 광고의 수익금 중 케이의 몫에서 90%를 네팔에 기부할 것이라는 것은 이미 앞서 말씀드린 바 있습니다. 지금부터 판타지오는 사상 초유의 '광고 모델 경매'를 시작합니다!"

대형 스크린의 PPT 화면이 바뀌었다.

-최소 최고 입찰가 : 없음.

-국가 권역 지정 : 없음.

-기간 : 현 시간부터 3일.

기자들의 웅성거림이 커지며 다들 영문을 모르겠다는 표정을 짓자 린이 미소를 지으며 말했다.

"세 개의 광고는 한국이나 중국의 광고로 한정 짓지 않습니다. 전 세계 어떤 기업이나 정부의 광고든 최고 입찰을 한 상위 3위의 업체 광고만 진행 예정입니다. 현 시간부터 3일간 판타지오 홈페이지의 비즈니스 메일로 입찰을 받겠습니다."

다시 한번 기자들을 둘러본 손 린은 자세한 설명을 덧붙였다.

"입찰 시에는 광고 기간과 촬영에 필요한 모든 조건, 그리고 액수를 기입해 주시면 됩니다. 판타지오는 모든 입찰 금액에 대한 비밀을 지킬 것이며, 계약이 완료된 기업과의 계약 이후 세 곳에 한정하여 계약 액수를 밝힐 예정입니다. 단지 광고 모델을 계약하는 것이 아닌 네팔 대지진 사건 피해자들에게 조금이라도 도움을 줄 기회가 될 것이므로 많은 기업에서 참가해 주시기를 바라겠습니다. 이상입니다."

기자들이 서로 질문을 하겠다고 손을 들고 나섰다. 웅성거림이 커지고 기자회견장이 소란해질 때쯤 린이 한 명의 기자를 지목했다.

갈색 머리에 안경을 쓴 남자가 질문을 던졌다.

"네팔에 있는 케이는 언제 돌아옵니까? 케이와 계약을 하는 것이 아니라 판타지오의 대표자와 계약을 하면 되는 겁니까?"

"네, 맞습니다. 다음 분?"

린은 기자들의 긴 질문에 시종일관 맞다, 아니라는 간단한 답을 했다. 기자들의 추가 질문이 나올법했지만, 너무나 명쾌한 답을 던졌기에 같은 질문에서 연관된 질문은 나오지 않았다.

린은 기자들의 질문에 일정 시간 동안 응대해준 후 가져온 서류를 챙겨 밖으로 나가며 말했다.

"그럼 이만 끝내겠습니다. 제휴 문의는 판타지오의 홈페이지를 통해 부탁드립니다."

린이 떠나고 기자들이 자리에 앉아 부산하게 기사를 쓰거나 메신저로 정리된 내용을 보내기 시작했다. 한 기자가 린의 마지막 말을 듣고 판타지오의 홈페이지에 접속했다.

홈페이지 메인 화면에는 건의 대형 사진 한 장이 게시되어 있었고, 크고 유려한 글씨체로.

[An angel of the poor(가난한 자의 천사)]

라고 기재되어 있었다.

사진 아래에는.

[Day - 3 / 23:43]

남은 시간이 깜빡이고 있었다.

기자는 홈페이지의 스크린을 첨부해 기사를 썼고, 곧 다른 기자들도 홈페이지 내용을 인용하여 기사를 퍼 나르기 시작했다.

To Be Continued

Wish Books
마왕성 플레이어
트레샤 퓨전 판타지 장편소설
WISHBOOKS FUSION FANTASY STORY
신들의 전장, 하멜.
집으로 돌아가기 위한 마지막 싸움.
믿었던 동료가 배신했다!
[영혼 이식의 대상을 선택해 주십시오.]
뒤바뀐 운명. 최약의 마왕. 그리고……
"이번에는 좀 다를 거다!"
어둠 속에 날카로운 칼날을 감춘,
마왕성 플레이어의 차가운 복수가 시작된다.

한태민 현대 판타지 장편소설
Wish Books
채널마스터
CHANNEL MASTER
할아버지 집 창고 정리 중 찾아낸 텔레비전.
그런데 이놈 보통 텔레비전이 아니다.
[채널 마스터 시스템에 접속하였습니다.]
[사용자의 정보를 분석합니다.]
[필요로 하는 채널을 업데이트합니다.]
경험을 쌓아서 채널을 더 확보해라!
그 채널이 고스란히 네 능력이 되어줄 테니.

Wish Books
맛김 현대 판타지 장편소설
WISHBOOKS MODERN FANTASY STORY
책 먹는 배우님
"재희야, 너는 왜 대본을 항상 두 권씩 챙기냐?"
하나는 촬영장에 들고 다니며 남들에게 보여주는 용도.
또 다른 하나는
[드라마 〈청춘열차〉가 흡수 가능합니다.]
[대본을 흡수하시겠습니까?]
내가 먹을 용도로 쓰인다.
나는 대본을 집어삼켜, 오로지 내 것으로 만든다.
책 먹는 배우님
대본을 101% 흡수할 수 있는 배우,
재희의 이야기.

Wish Books
힐통령
태양의 사제
제리엠 게임판타지 장편소설
WISHBOOKS GAME FANTASY STORY
"착하긴 뭐가 착해? 저런 퀘스트를 하는 건 착해서가 아니고
그냥 호구인 거야. 호구."
등 뒤에서 멀어지는 소리에
카이가 슬쩍 그들을 돌아봤다.
'내가 호구라고? 설마.'
[곤경에 처해 있는 NPC에게 선행을 베풀었습니다.]
[선행 스탯이 1 상승합니다.]
착한 일을 하면 보상이 따라온다?!
계산적이지만 그래서 더 선행을 할 수밖에 없는
힐이면 힐, 딜이면 딜.
힐통령 카이의 미드 온라인 정복기!